Diesseits der Magie –
Idas Tagebuch

Stefan
Hagedorn

Diesseits der Magie – Idas Tagebuch

Von Hexen, Schamanen und Dämonen

Bibliografische Information der Deutschen Nationalbibliothek:
Die Deutsche Nationalbibliothek verzeichnet diese Publikation in der Deutschen Nationalbibliografie; detaillierte bibliografische Daten sind im Internet über **dnb.dnb.de** abrufbar.

© 2022 Stefan Hagedorn
www.stefanhagedorn.com

Covermotiv „Hexe": pixabay.com/artvizual
Umschlaggestaltung, Satz, Herstellung und Verlag:
BoD – Books on Demand, Norderstedt

ISBN: 978-3-7568-1716-0

10. März

Liebes Tagebuch,

ich heiße Ida und bin eine Hexe. Nein, nicht so eine Hexe, die angeflattert kommt, dir drei Wünsche erfüllt und dann wieder verschwindet. Ich bin eine Wicca–Hexe. Eine Wicca beschreib ich am besten mit den Worten meiner Oberhexe:
»Eine Wicca lebt den Tanz der Götter jedes Jahr und sie reitet als Hexe auf der Grenze zwischen der magischen und dieser Welt.«

Ich »verzaubere« niemanden, schon gar nicht für Geld, Tarot leg ich nur aus Freundlichkeit. Meine Steckenpferde sind Besenfliegen, Lesen, Kochen, ich esse gerne (ich liebe Kinder, schaffe aber meist kein Ganzes) und treffe gerne meine Freunde. Außerdem bin ich Mitglied in einem ganz tollen Hexenzirkel. Der Zirkel besteht aus unserer Oberhexe Gundula, der immer in schwarz gekleideten Doloris und mir. Wir drei ergänzen uns ziemlich gut, Gundula ist die Sängerin von uns, für Chants, ich schreibe reimende Texte, Zaubersprüche, und Doloris ist handwerklich begabt. Sie kann spinnen, Besen machen uvm. Wir treffen uns immer zu den acht Jahresfesten und zwischendurch ein paar Mal. Ich wohne in einer Dreizimmerwohnung mit der Aynur. Sie ist Muslimin, trägt aber kein Kopftuch, das ist sowieso aus der Mode, wenn du mich fragst. Aynur isst kein Schwein, mag aber gerne Hühnchen.

Das wars erstmal für heute.

Danke, dass ich in dich schreiben durfte. Bis nächstes Mal.
  Deine Ida

15. März

Liebes Tagebuch,

heute war ein sehr anstrengender Tag. Ich war zu Besuch bei meiner bösen Stiefmutter. Sie ist, wie alle bösen Stiefmütter, Christin. Eigentlich wollte ich meinen lieben Papa besuchen, der war aber leider nicht da und so musste ich mich mit der alten Schreckschraube begnügen. Immer sagt sie mir, wie gottlos ich bin und will mich bekehren: »Kind, lass dich taufen! Lass dich taufen! Sonst kommst du in die Hölle und wirst schrecklich leiden.«. Ich konnte diesen Mist nicht mehr hören und schlug meine Hände über den Kopf. »Ich halte nichts von Religion und Angst machen lasse ich mir schon gar nicht.«. Nachdem sie das Gesicht verzog, ging sie beleidigt in die Küche und ich hatte meine Ruhe. Wenn die wüsste, dass ich eine Hexe bin, hätte sie schon längst den Scheiterhaufen aufgestapelt, mich drangebunden und mit lächelndem Gesicht angezündet. Deshalb behielt ich das natürlich für mich. Sie ist leider so wie viele Christen. Meiner Erfahrung nach sind die intolerant, halten ihren Fischerverein für das absolute Nonplusultra und jeder, der nicht zu ihnen gehört, wird unendliche Qualen in der Hölle leiden. Weißt du, wenn ich darüber nachdenke, beneide ich die Christen irgendwie. Bei denen ist es wie bei den meisten Politikern, die ich kenne. Sie brauchen keine Verantwortung übernehmen.

Schuld bist du an deinen Fehlern nicht. Der Teufel wars, der elend Wicht.

Dieses Zitat trifft hervorragend. Die müssen auch ihren Kopf nicht einschalten, sondern einfach das machen, was die

Priester sagen. Das machts sehr einfach Christ zu sein. Positiv ist, als Christ lernt man ja von klein auf die Nächstenliebe. Vor allem die super katholischen ~~Schweine~~Priester bringen den Kindern viel über die Liebe bei. Da sie keine Frauen haben, haben sie halt genug Zeit für den Nachwuchs.

Ich glaub im nächsten Leben werde ich katholischer Priester, dann geht's mir gut, hab immer Essen in Hülle und Fülle, fahre schicke Autos und habe viele Menschen, die machen was ich sag.

Dabei fällt mir gerade ein, jetzt weiß ich wie der christliche Gott heißt:

Mammon.

Nach weiteren kurzen und wie ich finde, belanglosen Gesprächen, verabschiedete ich mich und ging endlich nach Hause.

Ich möchte als heutigen Abschluss nur sagen, dass, egal welcher Religion jemand angehört, jeder auch irgendwo seine guten Seiten hat und niemand automatisch schlecht ist.

Vielen Dank, für deine Seiten. Deine Ida

17. März

Liebes Tagebuch,

heute war ich, so wie jeden dritten Dienstag im Monat, bei meinem Stammtisch.

Wir sind ein ganz besonderer Stammtisch, denn hier treffen sich nur Leute, die Zauberei praktizieren oder Interesse daran haben.

Der Stammtisch ist immer im gleichen Restaurant: »Zur legenden Henne«.

Wir waren diesmal nur zu sechst, aber der harte Kern war, wie üblich, da:

Gundula, Doloris, Bernd, die Sockenzwillinge und ich.

Der Bernd, seines Zeichens Maurer, stand auf, klopfte mit einer Gabel gegen sein Glas: »Hört mal alle her! Ich habe beschlossen mich selbständig zu machen.«

Wir waren alle überrascht. Ich denke, er hatte wohl keine Lust mehr, Privatsklave irgendwelcher versnobten Schlipsträger zu sein. Nachdem er sich wieder setzte, beugte ich mich zu ihm vor, damit er mich besser verstehen konnte. »Bist du dir sicher? Was du da alles bedenken musst und dann noch die ganze Verantwortung.«

»Ich danke dir für deine Sorgen, aber ich habe alles durchdacht und gut geplant.«

Du musst wissen, dass der Bernd ein Magier ist und zur Selbstüberschätzung neigt. Das heißt nicht, dass ich ihm das nicht zutraue. Er muss nur aufpassen, sich halt nicht zu überschätzen. Jedenfalls wünsche ich ihm nur das Beste.

Die Sockenzwillinge, Gerd und Gerda Socken, brachten ein Tarot mit. Das Tarot de Sidhe. Das ist recht malerisch, ich finde es sehr schön aber könnte damit nicht arbeiten. Das ist mir zu abstrakt und die Karten sprechen mich nicht an. Wir sprachen noch über Götter und die Welt, ich aß, wie immer, eine halbe Ente, trank ein paar Apfelschorlen und hatte, alles in allem, einen schönen Abend.

Mehr gibt's zu heute nicht zu erzählen. Danke, dass ich in dich schreiben durfte.

Bis nächstes Mal. Deine Ida

19. März

Liebes Tagebuch,

heute war ein sehr interessanter Tag. Denn ich traf, zum aller
ersten Mal, einen waschechten Schamanen. Sein Name ist
Zwitschernder Sperling, ein ziemlich seltsamer Name. Soweit
ich weiß hat er wohl indianische Vorfahren. Vielleicht waren
seine Eltern auch einfach nur auf Drogen, während seiner
Namensgebung. Bewusstseinsverändernde Drogen sollen ja
bei Schamanen üblich sein.

Ich habe ihn vor etwa einem halben Jahr in einem Inter-
netforum kennengelernt und er war mir sofort sympathisch.

Wir waren bei ihm zu Hause, er wohnte in einer Einzim-
merwohnung. Seine Einrichtung war sehr spartanisch (ein
Tisch, ein Stuhl, einige Sitzkissen). Ein Bett fand ich nicht,
egal, vielleicht schläft der ja gar nicht.
Brauchen Schamanen überhaupt Schlaf?

Nachdem ich einen leckeren Kräutertee trank, wurde mir
ganz warm und dennoch mulmig. Wir setzten uns auf die
Kissen und er meinte: »Schließe bitte deine Augen und sei
ganz entspannt.«
Ein bisschen unheimlich war's schon, aber ich tats.
Dann fing Zwitschernder Sperling an, irgendwelche Laute
von sich zu brabbeln. Die Sprache verstand ich nicht, schien
aber auch keine Voraussetzung zu sein.

Wofür auch immer.

Während ich da so saß, wurde mir leicht schwindlig und ich sah plötzlich vor meinen inneren Augen verschiedene wechselnde Lichter. Aus diesen Lichtern wurden irgendwann Bilder, sie waren kaum zu erkennen, sehr verschwommen, könnten Personen gewesen sein und ich roch etwas. Es roch nach Fichte. Ganz seltsam.

Mein Trip, wenn ich das so nennen kann, ging etwa eine halbe Stunde. Zwitschernder Sperling konnte mir auch nicht sagen, wie ich das interpretieren solle. Er legte seine Hände auf meine Schultern und sah mir tief in die Augen »Du kannst die Bedeutung deiner Vision nur in dir selbst finden. Vielleicht solltest du eine Nacht darüber schlafen.«

Das klang für mich eher wie ein Standardglückskeks-spruch, als ein weiser Rat.

Also wenn du mich fragst, hatte das nichts zu bedeuten, ich war einfach nur high.

Ich frage mich, ob wirklich alle Schamanen Junkies sind oder ist das nur ein dummes Vorurteil? Wie dem auch sei, ich brauche das nicht nochmal, dennoch geht mir dieses Erlebnis nicht mehr aus dem Kopf. So gehts wahrscheinlich allen Junkies. Ich erzählte Zwitschernder Sperling noch von meinem Stammtisch und dann ging ich heim.

Ich denke ich kann heute recht gut schlafen und verabschiede mich ins Bett.

Vielen Dank, dass ich wieder in dich schreiben durfte.
Deine Ida

20. März

Liebes Tagebuch,

eine Nacht darüber schlafen brachte mir keine neuen Erkenntnisse. Ich telefonierte ziemlich lange mit Papa. Ihm geht's gut. Das ist mir immer sehr wichtig, da er die einzige Familie ist, die ich noch habe. Klar ist ein Hexenzirkel auch so etwas wie eine Familie, aber er ist halt mein Papa und mir daher besonders wichtig. Papa fragte: »Mein Schatz, wann kommst du mich mal wieder besuchen? Ich vermisse dich.«

Ich will halt meiner Stiefmutter nicht unbedingt begegnen. Aber natürlich sagte ich ihm das nicht. »Ich vermisse dich auch, Papa. Die nächsten zwei Tage habe ich bereits was vor, aber in vier Tagen könnte ich vorbeikommen.«

Ich meinte ein Lächeln in seiner Stimme zu hören. »Das freut mich aber. Wir können leider nur nicht viel unternehmen, weil ich mein Auto verschrotten lassen musste, das war ja auch schon dreißig Jahre alt.«

»Das ist doch kein Problem, Hauptsache wir sehen uns.«

Für ihn ist der Verlust sehr schwer, da er ein Auto braucht, um zur Arbeit zu kommen.

Ich habe gerade beschlossen, Papa ein neues Auto zu kaufen, Gespartes habe ich ausreichend. Ich weiß nur noch nicht, welches Modell. Mal sehen.

Das war's erstmal für heute. Bis bald
Deine Ida

22. März

Liebes Tagebuch,

die letzten zwei Tage war ich zu Besuch bei meiner Oberhexe. Doloris war auch da, wir hatten vor, ein Jahresfest zu feiern. Du weißt schon, so mit Hexerei, Hühnerschlachten und natürlich nackt im Mondschein tanzen. Aber bevor die Party richtig losging, gab es erstmal Essen. Gundula hatte Mettbrötchen gemacht, sie liebt Mettbrötchen. Auch Doloris freute sich darüber, denn sie kann Gemüse nicht leiden und hat, glaub ich, Allergien, gegen so gut wie jedes Obst.
Lass mich dir die beiden mal beschreiben:

Gundula ist etwa 106 Jahre alt, deswegen ist sie auch unsere Oberhexe, aber sie sieht keinen Tag älter aus als 60. Das liegt vielleicht daran, dass sie immer quietschbunte Kleidung trägt und jeden Tag Sport macht. Dementsprechend hat sie natürlich einen sehr trainierten Körper, kein Gramm zuviel. Sie ist etwa einen Meter siebzig groß, nicht verheiratet und hat eine hervorragende Singstimme.

Doloris sieht genauso aus, wie man sich eine klassische Hexe vorstellt. Sie ist groß, schlank, hat blondes, in Wellen herabhängendes, gut gekämmtes Haar. Sie hat weiß glänzende Zähne, eine hübsche Nase und strahlend blaue Augen. Eine wahre Schönheit. Egal bei welcher Kleidung, sie trägt immer ein fröhliches lebensbejahendes Schwarz.

Jetzt bin ich ein wenig neidisch.

Wir aßen so viele Mettbrötchen, dass wir kurz vorm Platzen waren. Gundula setzte sich bequem auf die Couch und signalisierte uns, dass wir uns ebenfalls setzen sollten. »Ich kenne aus dem Internet schon seit einigen Jahren einen jungen Mann, der jetzt gerne die Ausbildung zur Hexe machen möchte. Ich habe beschlossen, ihn auszubilden. Wir fangen in ein paar Tagen an.«

Wir waren ein wenig erstaunt, aber freuten uns sehr, ich habe noch nie eine männliche Hexe getroffen, ich wusste nicht mal, dass es das überhaupt gibt. Sind männliche Hexen schwul?

Doloris ist eine sehr neugierige Hexe. »Erzähl uns alles. Wie heißt er, wie ist er so?«

»Er heißt Florian, alles zu erzählen wäre jetzt zu viel. Ihr werdet ihn schon bald kennenlernen.«

Ich trank einen Schluck Tee, um meine Stimme zu ölen. »Da bin ich aber gespannt, freu mich drauf.«

Anschließend, als es schon dämmerte, stiegen wir auf unsere Besen und flogen zu einem kleinen Berg in der Nähe. Ich musste Gundula mitnehmen, da ihr Besen kaputt war und die Reparatur noch einige Zeit dauern würde.

Auf dem Berg angekommen, es war bereits dunkel, zogen wir uns aus. Wie vorher schon geschrieben tanzten wir im Himmelskleid, also nackt, im Mondschein, schlachteten ein Hähnchen und hexten, was das Zeug hielt.

Doloris flog im Anschluss nach Hause, ich übernachtete bei Gundula. Sie hat ja auch genug Platz. Gundula wohnt, wie auch nicht anders zu erwarten, in einem echten Hexenhaus aus Holz. Es ist alles sehr geometrisch, farblich zu ihrer Kleidung abgestimmt.

Ein paar Lebkuchen zieren die Hauswand. In der Stube steht ein Kamin und in der Küche ein großer Ofen. Der ist groß genug für ein Siebenjähriges. Die Einrichtung ist sehr modern, schnörkellos und ein paar Pflanzen stehen hier und da. Auf dem Dach nisten immer einige Raben und auf dem Dachboden hält sie sich noch Fledermäuse. TownsendLangohr, wenn ich mich nicht irre. Das sind die mit den großen Ohren. Am nächsten Morgen frühstückten wir noch gemeinsam. Ich sage dir, ich liebe unsere gemeinsamen Treffen.

Als ich wieder zu Hause war, es war schon spät, schlief die Aynur schon.

Ich danke Dir für dein geduldiges Papier. Bis zum nächsten Mal.

Deine Ida

24. März

Liebes Tagebuch,

ich war bei meinem Papa und seiner Schreckschraube, du weißt schon meiner bösen Stiefmutter.

Wie ich vor ein paar Tagen schon schrieb, kaufte ich Papa ein Auto und überraschte ihn damit. Es war natürlich das neuste Modell. Der Wagen hatte alle möglichen Schnickschnacks, z.B. ein Navi, Airbags vorne und natürlich auch an den Seiten, SpurhalteAssistent, Rückfahrkamera, Sitzheizung undundund. Du glaubst mir nicht, wie er sich gefreut hat. Er war so fröhlich, dass er mich ganz lange umarmte. Ich freue mich einfach, dass es ihm gefiehl. Es kostete mich natürlich etwas mehr, dennoch hat sich das gelohnt.

Nach dem Essen fuhren wir beide eine kleine Spritztour. Ich war froh, dass meine Stiefmutter nicht mitkam. Wir waren bestimmt eine Stunde unterwegs, es hat sehr viel Spaß gemacht. Im Anschluss fuhren wir auch nochmal zum Friedhof und besuchten Mamas Grab.

Es war sehr schön. Papa wirkte sehr andächtig und schloss seine Augen. »Weisst du, ich komme jeden zweiten Tag hierher und bringe der Mama schöne Blumen. Immer wenn ich hier bin, ist es fast so, als wäre sie bei mir. Ich kann sie dann spüren und mit ihr reden.« Von dem Moment an habe ich mir vorgenommen, auch öfters Mama zu besuchen. Nach einer kurzen Pause machte er ein enttäuschtes Gesicht. »Deine Stiefmutter kommt nie mit, obwohl ihre Eltern hier begraben liegen. Sie meint, hier wäre alles zu tot und traurig.«

Das fand ich sehr schade, also ich bin der Meinung, dass Friedhöfe voller Leben stecken, da sind so viele Pflanzen, wie

Bäume, Blumen, Hecken und vergessen wir nicht die ganzen Tiere, wie Vögel und Insekten. Am Ende dieses gelungenen Tages fuhr Papa mich noch heim und wir verabschiedeten uns mit einem Kuss. Jetzt sitz ich hier vor dir und lasse alles Revue passieren.

Bis bald Deine Ida

30. März

Liebes Tagebuch,

heute war ich lange im Kraftstrom.

Der Kraftstrom ist ein mystischmagischer Ort in dem unser Hexenzirkel sich geistig trifft und interagiert. Es funktioniert ähnlich wie eine schamanische Trancereise.

Ich setzte mich bequem, schloss die Augen und atmete ruhig. Ich sprach geistig unsere drei magischen Worte, diese haben alle eine Verbindung zu unserem Zirkel und ich stellte sie mir im Inneren vor.

Nach nur kurzer Zeit merkte ich die Veränderung der Luft. Es wurde warm, ja schon fast tropisch, ich roch Gräser und Bäume. Ich hörte das Gezwitscher einiger Vogelarten, die, wie ein sagenhafter Chor, ihr fröhliches Liedchen trällerten.

Nach weiteren Sekunden stand ich an der mir so vertrauten Quelle. Deren Wasser mündete in einen Teich. Auf seinem azurblauen Wasser schwammen, wie so oft, kräftig grüne Seerosenblätter.

Ich drehte mich und sah die Berge in weiter Ferne.

Ratatöskr, das Eichhörnchen, lief geschwind die Weltenesche hoch und runter. Um mich herum wechselten sich Holunderbäume und grüne Wiesen ab. Bienen schwirrten herum und gaben diesem Ort eine emsige Lebhaftigkeit.

Ich bemerkte Gundula in meiner Nähe, sie genoss diesen Ort mindestens so sehr wie ich. Später tauchte auch Doloris auf. Wir spürten gegenseitig unsere Gefühle, unser Denken, als wären wir mit einem unsichtbaren Band miteinander verbunden. Es war berauschend.

Wir riefen die Göttin Hel zu uns.

Nach nicht langer Zeit kam die schöne Göttin auf uns zu. Wir wechselten warme Worte, fassten uns an den Händen und ließen Energie fließen. Unsere eigene Energie, wie auch die Energie dieses wundervollen Ortes, verknüpften sich und wurden eins.

So aufgeladen und voller Energie löste ich mich nach einiger Zeit wieder von diesem Ort. Die Luft wandelte sich in ihren ursprünglichen Zustand und ich kam langsam wieder in der Realität an. Ich öffnete meine Augen und blieb noch einige Minuten so entspannt sitzen.

Das war's erst einmal für Heute
    Deine Ida

04. April

Liebes Tagebuch,

was gibt es nur für frauenverachtende Schweine?

Ich saß gemütlich zu Hause und trank eine Tasse Kakao, da kam die Aynur heim und hatte ihren neuen Freund im Schlepptau. Der ist nicht wirklich gutaussehen, aber darauf kommts ja auch nicht an. Worauf es aber ankommt, ist das Verhalten gegenüber den Mitmenschen. Ich wollte ihn begrüßen, aber anstatt meine Hand zu schütteln, gab er mir seine Jacke in die selbige und er sagte nichts dabei. Dann ging er mit Schuhen in die Wohnung, sowas geht gar nicht bei uns. Dann setzte er sich breitbeinig auf unser Sofa und sagte irgendetwas auf Türkisch. Die Aynur kam sofort angehüpft, zog ihm seine Schuhe aus und fing an, vor ihm knieend, seine stinkenden Füße zu massieren. Er konnte wohl kein Deutsch, da er nun auf mich zeigte und mir signalisierte, ich solle ihm doch was zu essen machen. Ich bin zwar sehr geduldig, aber das war mir zu viel. Ich öffnete die Wohnungstür, schmiss seine Jacke und die alten Schuhe auf den Hausflur und signalisierte ihm, die Wohnung zu verlassen. Dann stand er auf, stellte sich vor mich, holte mit der Hand aus, um mich zu schlagen, da traf ihn meine Faust mitten ins Gesicht. Anschließend trat ich ihm noch in seine Eier, das hatte zur Folge, dass er die Wohnung verließ und mit seinen Händen zwischen den Beinen weghumpelte.

Klar hätte ich auch hexen können, doch das war es mir nicht wert.
Im Nachhinein kam ich nah zur Aynur.

»Warum gibst du dich mit so einem Arsch ab? Den würde ich nicht eines Blickes würdigen.«

Sie sah mich böse an und stemmte ihre Arme in die Hüften. »Ich weiß, Ali ist nicht der charmanteste, aber mein Vater hat das arrangiert, denn seine Familie hat viel Geld, was für meine Familie große Vorteile bringen würde. Doch das hast du leider kaputt gemacht. Danke.«

Das erstaunte mich und machte mich wütend. Ich wurde lauter. »Nicht der charmanteste? Der ist ein Vollarsch und hat null Respekt.« Sie wollte mich scheinbar belehren. »Das ist bei uns halt so, da steht die Familie im Vordergrund.«

Ich schüttelte unverständlich den Kopf.

»Manchmal verstehe ich eure türkische Art nicht. Du solltest doch einen Mann haben, der dich glücklich macht und den du liebst.« Sie wirkte sehr ernst. »Liebe kommt meist mit den Jahren und du hast Recht. Du verstehst unsere Art nicht. Für mich ist das eine Selbstverständlichkeit und eine Ehre und jetzt lass gut sein.«

Mich erschreckte das zutiefst. »Aber du bist doch eine erwachsene Frau und kannst selbst über dein Leben entscheiden.«

Sie wirkte immer grimmiger. »Richtig, ich bin eine Frau und jetzt lass mich in Ruhe. Du hast schon genug angerichtet.«

Den Rest des Tages verbrachten wir getrennt.

Irgendwann werde ich wieder mit ihr darüber sprechen und ich hoffe, dass sie dann etwas aufgeschlossener sein wird. Vielleicht muss sie auch nur eine Nacht drüber schlafen.

Das reicht erstmal für heute, liebes Tagebuch.

Bis zum nächsten Mal.
Deine Ida

12. April.

Liebes Tagebuch,

die letzten Tage ist absolut nichts Aufregendes passiert.
Ich wollte Dir einfach nur kurz etwas reinschreiben.
Mir geht's soweit gut, ich bin nur ziemlich müde, deshalb mach ich's kurz.

Aynur ist von ihrem Freund getrennt, redet aber nicht mit mir oder besser gesagt, nur das Nötigste.

Zwitschernder Sperling kündigte an, zum nächsten Stammtisch zu kommen und der Besen von meiner Oberhexe ist wieder repariert.

Mehr Neues gibt's erstmal nicht. Deine Ida

14. April

Liebes Tagebuch,

wie ich dir schon ankündigte, war ich heute auf dem Friedhof und besuchte Mama. Ihr Grab ist immer schön gepflegt und ihr Marmorstein sieht richtig edel aus. Ich schloss die Augen und atmete tief durch.

»Hallo Mama, es tut mir leid, dass ich so selten komme, aber ich versuche dich jetzt häufiger zu besuchen. Weißt du, die Aynur ist mir böse, weil ich das zwischen ihr und ihrem Freund versaut habe. Klar, er war ein Arsch, aber vielleicht hätte ich mich nicht einmischen sollen. Naja. Jetzt ist es wie es ist. Ich bin zuversichtlich, dass sich das wieder einrenkt. Papa ist total happy über sein neues Auto. Du weißt natürlich, dass er neu geheiratet hat, aber lass dir auch sagen, er liebt dich immer noch und ich dich natürlich auch. Er war nur so allein und hat jemanden gebraucht. Ich danke dir fürs Zuhören. Bis bald, Mama!«

Ich verharrte noch einige stille Minuten, goss die Pflanzen und dann ging ich heim.

Auch wenn es doof klingt, tat mir der Besuch sehr gut. Das werde ich wiederholen.

Ich danke dir liebes Tagebuch Bis bald
Deine Ida

21. April

Liebes Tagebuch,

heute war wieder Stammtisch. Zwitschernder Sperling war tatsächlich da und blickte uns alle voller Stolz an. Er hob einen Zeigefinger und machte einen erklärenden Gesichtsausdruck. »Wir Schamanen glauben, dass alles beseelt ist, auch scheinbar leblose Dinge, und dass eine Person sich mit diesen Seelen verbinden bzw. mit ihnen interagieren kann. Diese Seelen sind alle mit einander verbunden. Man sagt ja auch, alles bleibt auf der Erde. Also, dass Materie nicht verschwindet, sondern sich umwandelt und mit anderer Materie verbindet.

Ein Beispiel für euch:

Eine Antilope stirbt und wird von einem Löwen gefressen. Das Fleisch, also die Materie, der Antilope wird vom Löwen verdaut und in verschiedene Nährstoffe umgewandelt, welche eins mit dem Löwen werden.

So geschieht das immer und überall und deshalb ist alles mit einander verbunden.«

Genau, vermutlich steckt in jedem von uns auch ein Stück Dinosaurier.

Er fuhr fort: »Dann gibt es noch verschiedene Daseinsebenen, also verschiedene Welten. Wir nennen diese die obere, die untere und die Mittelwelt. Wir leben in der Mittelwelt, können aber durch einen Trancezustand in die anderen Welten reisen. Dann gibt es auch noch so etwas wie Schutzgeister oder Krafttiere, welche jeder von uns hat und die immer bei uns sind. Sie dienen dem Schutz, als Freunde und Berater. Mit Hilfe dieser Geister können wir Schamanen arbeiten oder eben zaubern. Wir zaubern nicht wirklich, das machen die Geister, wir sind mehr wie Vermittler.« Das alles ist vielleicht nicht ganz so leicht zu verstehen aber ziemlich cool. Er hat vorgeschlagen, mit uns mal eine schamanische Reise zu machen.

Also machten wir einen Termin aus.

Bernd hat es geschafft, er hat jetzt seinen eigenen Maurerbetrieb, er ist jetzt quasi frei von irgendwelchen Chefs. Ein freier Maurer.

Das wars schon für Heute. Bis bald
Deine Ida

23. April

Liebes Tagebuch,

ich kaufte mir ein kleines Gedichtebuch,
»Lyrik oder so?!«. Das sind sehr schöne Texte, gefällt mir
gut.

Außerdem war ich spazieren. In der Nähe meiner Wohnung
gibt es sehr viele Gärten, die alle nebeneinanderstehen. Ich
ging aber noch weiter, denn als die Gärten aufhörten, fingen
grüne Wiesen an. Diese waren sehr groß und einige Bäume
standen hier und dort. Ich setzte mich bequem an einen
großen Baum und schloss meine Augen. Ich konzentrierte
mich auf das Rascheln der Blätter im Wind und den Zwit-
scherchor der Vögel. Die einzigartige Landluft kroch mir in
die Nase und mein Atem wurde immer ruhiger. Ich fühlte
eine unglaublich starke Ruhe.
Meine Wurzeln hielten mich so fest, dass kein Sturm mich
zu Fall bringen könnte. Ich spürte Vögel auf mir nisten und
Eichhörnchen auf mir klettern. Wie sie durch meine Blätter
streiften.

Gleichzeitig merkte ich den Wind in meinem Gefieder und
das Schlagen meiner Flügel. Ich aß eine Eichel und kletterte
den Baum rauf und runter. Während ich in Blüten süßen
Nektar sammelte und summend rumschwirrte, tranken Bienen aus meiner Blüte. Ich wühlte mich durch den Boden,
baute Höhlen. Ich saß auf einem Grasblatt, um mich satt zu
essen und anschließend verzog ich mich in mein Häuschen.
Im selben Moment hoppelten Hasen durch meine Halme und
ich hoppelte durch Gras. In diesem unendlich scheinenden

Zeitraum gab es keine Ida, nur die Natur und ihre Bewohner. Es war einfach überwältigend.

Nach einiger Zeit – ich weiß nicht mehr wieviel Zeit verging – kam ich wieder zu mir, spürte erneut meinen Atem, meinen Körper und ich wusste, dass ich wieder zurück war. Ich öffnete meine Augen und war glücklich.

Als ich wieder zu Hause ankam, war es schon dunkel und ich rief meine Oberhexe an, um ihr alles zu erzählen.
Sie freute sich für mich und hoffte, dass dies nicht die einzige außerkörperliche Erfahrung ist, die ich machen werde.

Ich danke Dir für deine leeren Seiten die ich füllen darf.
Bis bald
Deine Ida

25. April

Liebes Tagebuch,

meine böse Stiefmutter wollte mich unbedingt zu einem Gottesdienst mitschleppen. Ich sagte nur zu, weil mein Papa mich darum bat. Mein Papa ist ein guter Mensch, aber manchmal ein bisschen zu leichtgläubig und naiv. Sonst hätte er nicht diese Schreckschraube geheiratet. Vielleicht war er auch, nach dem Tod meiner Mutter, einsam. Hauptsache, er ist glücklich.

Als wir in der Kirche waren und ich vom Priester die Hostie ablehnte, sah dieser mich ganz böse an. Ich dachte immer, christliche Priester müssen immer nett sein.

Nach dem Gottesdienst wollte ich so schnell wie möglich heim, doch meine böse Stiefmutter fing mich, in Begleitung des Pfarrers, ab. Sie hatte ihm wohl erzählt, was ich für eine schlimme Heidin sei. Jedenfalls baute er sich vor mir auf und schaute mitleidig. »Mein Kind, du bist eine verirrte Seele. Lass mich dich auf den rechten Pfad führen und dich taufen.«

Wohl damit ich in den Himmel komme, wo alles Friede Freude und Eierkuchen ist. Ich dachte echt mein Schwein pfeift.

So verschwendete ich keine wertvolle Atemluft und verschwand, ohne ein Wort zu sagen.

Das war alles reine Zeitverschwendung. Der arme Papa.

Mir reicht's für heute und hau mich aufs Ohr.

Deine Ida

27. April

Liebes Tagebuch,

gestern war unser ganzer Stammtisch bei Bernd eingeladen. Da ich mit Besen unterwegs war und er Luftlinie nicht weit weg wohnte, war ich als erste dort. Bernd hat eine Vierzimmerwohnung und zu jeder Himmelsrichtung einen kleinen Balkon, seine Küche ist recht groß. Er hat alles sehr kunstvoll eingerichtet, in jeder Ecke steht eine kleine Statue, an jeder Wand hängt irgendein Gemälde, es sah fast so aus wie in einer Kunstgalerie oder einem Museum. Wir erzählten uns so die aktuellen Neuigkeiten und Bernd zeigte mir seine neugekaufte Destille. Er sagte, die könne er sich mittlerweile leisten, da er ja nun selbstständig sei. Wir tranken natürlich auch ein wenig von seinem selbstgebrannten Schnaps. Bernd ist Anfang vierzig, hat graumeliertes Haar und ist recht muskulös aber gut zehn Zentimeter kleiner als ich.

Ich war schon leicht angetütelt, als die anderen Gäste kamen. Es waren weniger als ich vermutete.

Es kamen nur Doloris, Gerd und Zwitschernder Sperling. Gundula konnte nicht kommen, da sie einen wichtigen Termin hatte und Gerd war allein, weil Gerda mit Grippe im Bett lag. Es war dennoch eine angenehme Runde.

Bernd führte mit uns ein kleines bannendes Pentagrammritual durch. Das ist so eine Art Grundritual, auf dem man auch aufbauen kann. Da ich mir den Ablauf nicht merken konnte, hatte ja schon einen sitzen, gab mir Bernd das Ritual schriftlich mit, ich klebe es nach diesem Eintrag auf die nächste Seite. Das Ritual war sehr interessant, mich störte nur ein bisschen, dass Bernd alles haarklein ablas und dadurch auch ab und zu ins Stocken geriet.

Nach dem Ritual gabs noch lecker Essen. Bernd kochte selbst. Das kann er gut. Er kocht besser als er Rituale durchführt. Es gab Lachscarpaccio in Safransoße. Hat echt gut geschmeckt. Dazu tranken wir natürlich noch etwas von seinem Selbstgebrannten. Abends, als wir alle langsam gingen, bot mir Gerd an mich nach Hause zu fahren.

Ich willigte ein, denn, wie sagt meine Oberhexe immer: »Dont drink and fly«. Als ich zu Hause war, parkte ich meinen Besen und fiel mit samt meiner Ausgehkleidung ins Bett.

Das wars erstmal, wenn es was Neues gibt schreibe ich in dich rein.

Deine Ida

01. Mai

Liebes Tagebuch,

unser Zirkel traf sich erneut zu einem Jahresfest. Diesmal bei Doloris. Sie hatte Brathühnchen gemacht, mit ganz viel Soße, natürlich ohne Gemüse. Als Nachtisch gab es einige Lebkuchen, sind ja passend zu Hexen. Gegen Abend flogen wir wieder, diesmal aber zu einem Grillplatz. Wir machten ein riesiges Feuer, zogen uns aus, so wie zu jedem Jahresfest und tanzten um die Flammen oder sprangen darüber. Wir hexten bis wir heiser wurden und unsere Arme taub. So ein Zauberstab ist auf Dauer doch etwas schwerer. Zwischendurch kamen einige Reisende an uns vorbei, dies war aber kein Problem, da Doloris einen Unsichtbarkeitszauber auf uns legte und wir somit nicht gesehen wurden.

Später flogen wir alle nach Hause.

Deine Ida

05. Mai

Liebes Tagebuch,

am frühen Nachmittag, als ich eine Tasse heißen Kakao genoss, kam die Aynur nach Hause und stürmte in ihr Zimmer. Ich ging ihr hinterher, da ich mir Sorgen machte.

»Was ist denn los? Kann ich dir irgendwie helfen?«

Sie war traurig auf ihrem Bett zusammen gekauert. »Ich war bei meinem Vater, er ist sehr wütend auf mich und enttäuscht, wegen der Sache mit Ali.«

Ich schrieb dir ja schon, dass ich keine dieser Hexen bin, die glitzernd angeflattert kommen und Wünsche erfüllen. Diese rosabunte Licht und Liebe Einhornzauberei ist halt nichts für mich. Dennoch wollte ich ihr helfen und bot ihr an ein kleines Ritual durchzuführen. Sie willigte ein.

Das Ziel des Rituals war es, ihren Vater milde und froh zu stimmen sowie Aynur die Kraft zu geben, unabhängig eine Liebe zu finden und nicht bevormundet zu werden. Schließlich ist sie ja eine erwachsene und eigentlich selbstbewusste Frau.

Es war einfach ein Grundritual, welches ich für dich kurz anreiße:

Es begann mit der Eröffnung.

Anschließend kamen das Reinigen und Weihen von Wasser und Salz sowie Feuer und Rauch.

Dann zog ich den Kreis.

Danach begann ich zu Rufen und zwar zuerst die Elemente/Himmelsrichtungen:

1. Luft (Osten)
2. Feuer (Süden)
3. Wasser (Westen)
4. Erde (Norden)

Zu guter Letzt rief ich noch Göttin und Gott, Aradia und Cernunnos.

Nun konnte ich mit der magischen Arbeit beginnen. Wir fassten uns an den Händen und konzentrierten unsere Energie auf Aynurs Vater und sannten alle positiven Gefühle zu ihm, wir baten die Götter, Aynur genug Kraft zu schenken.

Als wir damit fertig waren, führte ich den kleinen Gamos durch, also weihte ich Kuchen und Wein, in unserem Fall selbstgebackene Kekse und frischen Kirschsaft.

Nun verabschiedete ich alle, die ich zuvor anrief, in umgekehrter Reihenfolge, also rückwärts. Ich löste den Kreis auf. Die Reste unserer Mahlzeit gab ich der Natur, dort wo ich immer spazieren gehe und bedankte mich.

Nach dem Ritual kam Aynur auf mich zu und umarmte mich. »Ida, vielen Dank. Das hat so gutgetan, ich fühle mich jetzt viel freier.«

Genug erstmal.
Deine Ida

07. Mai

Liebes Tagebuch,

heute war ein richtiger Gammeltag.

Die Aynur und ich, wir haben uns wieder vertragen, saßen, natürlich in Schlampersachen, auf dem Sofa. Wir zogen uns ungesunde Chips rein und schauten DVDs.

Wir sahen natürlich das, was alle Frauen, bei einem gemeinsamen DVD–Abend sahen. Actionfilme mit Liam Neeson oder Jason Statham.

»Aynur, so sehr ich das mag, gucke ich doch viel lieber Filme von Christopher Nolan. Ich finde, was der anpackt, wird zu Gold.« Aynur stellte den Fernseher auf Pause. »Also, ich bleibe eher bei meinen Actionfilmen. Was von dem magst du denn besonders?« Ich hörte auf Chips zu futtern, um mich auf die Unterhaltung zu konzentrieren. »Am meisten mag ich die Dark KnightReihe, mit Christian Bale in der Hauptrolle. Egal wer vor ihm war oder nach ihm kommt, Christian Bale ist der einzig wahre Batman.«

Sie sah mich ungläubig an.

»Nicht dein Ernst oder? Bale? Ben Affleck ist ein viel besserer Batman.«

Ich zeigte ihr, natürlich spaßig, dass sie verrückt sei. »Du leidest unter Geschmacksverirrung. Der hat noch nicht mal einen Solofilm und schauspielerisch bringt der's gar nicht.«

Sie schüttelte den Kopf. »Es kommt nicht darauf an wie viele Solofilme er hat. Seine schauspielerische Leistung find ich grandios.«

Ich lachte. »Der hat sich in jedem Film die Show von einem anderen stehlen lassen.« Sie wirkte leicht angegriffen. »Das stimmt doch überhaupt nicht, du hast keine Ahnung.«

Ich lachte immer lauter. »Haha, du bist in den verknallt, deswegen stehst du auf seine Filme.« Sie sah mich empört an »Nein Ida, bin ich nicht. Hör auf mit so einem Gerede«

Ich zuckte nur mit den Schultern. »Wenn du meinst.«

So ging das heute den ganzen Tag weiter, aber alles sehr freundschaftlich.

Was wäre ich nur ohne meine Aynur? An sich wars das schon.

Ich freue mich bald wieder in dich schreiben zu dürfen

Deine Ida

10. Mai

Liebes Tagebuch,

habe ich dir schon mal erzählt, wo der Unterschied zwischen Magiern und uns Hexen ist? Ich glaube nicht. Wir Hexen haben viel mehr Spaß, wir sind freier in der Art und Weise unserer Zauberei. Natürlich gibt es bei uns eine Art Grundgerüst, Grundritual, dennoch können wir uns Rituale und Zauber selbst überlegen und haben keine so strengen Vorschriften. Rituale schreiben und erstellen macht mir Spaß. Es gibt natürlich auch ganz »elitäre« Hexenzirkel, die alles genau nach Handbuch machen wollen, so wie Magier. Denn Magier müssen auf jedes kleine Detail achten. Z.B. ob sie die richtigen Schuhe tragen, ob das Hemd die richtige Farbe hat, ob die eine Körperhaltung richtig ist oder die andere oder ob sie alles richtig aussprechen/ intonieren. Das ist auch der Grund, warum die so wenig zaubern. Sie haben Schiss, etwas falsch zu machen und ein Loch ins Universum zu reißen oder so ähnlich.

Um dir das zu verdeutlichen, ein kleiner Vergleich:

Das ist wie beim Kochen, du hast ein

Rezept.

Entweder du kochst ganz genau danach und weichst nicht ab. Die richtigen Gewürze, die genauen Mengenangaben, die richtige Zerkleinerungsart, mit den richtigen Materialien. Du weißt genau was du am Ende bekommst, wenn alles richtig gekocht ist. Aber, hast du nur eine Sache falsch gemacht, ist alles versaut und du bestellst dann doch beim Lieferdienst.

Oder du kochst in Grundzügen danach und variierst, fügst deine Lieblingsgewürze hinzu, schneidest die Zutaten nicht in Scheiben, sondern in Würfel. Vielleicht gibst du noch eine

Zutat hinzu oder lässt eine weg. Bis es fertig ist weißt du nicht zu einhundert Prozent, was dabei raus kommt, aber ich bin sicher, es ist besser als der schnöde Fraß, der im Grundrezept steht.

Ich hoffe dieser Vergleich war einigermaßen verständlich. Falls nicht, habe ich Glück, dass du nur ein Buch bist.

Ich nutze die Gelegenheit und schreibe auf die nächste Seite ein Gedicht von mir, dass perfekt zum Thema passt.

Bis demnächst.
   Deine Ida

Die passenden Kleider musst du tragen,
sonst wird ein falscher Zauber dich rumplagen.

Hast du auch die richtgen Schuhe an?
Damit die Magie wirken kann!

Dein Material muss genau platziert stehn,
sonst hast du ein magisches Problem.

Der richtige Ort ist nicht verhandelbar.
Hast du auch das spezielle Wasser da?

In der Choreo muss sitzen jede Pose,
sonst geht alles in die Hose.

Drehst dich um vorgeschriebene Grad
hast den Winkelmesser stets parat.

Schau mit den Augen wies dir beigebracht,
dann erhält der Zauber seine Macht.

Atme richtig, wie gelernt.
Dann sich die Magie auch nicht entfernt.

Sprich den Text exakt so wie geschrieben,
dann wird das Ritual dich lieben.

Intonierst die Worte wie geboten.
Lern bloß nicht die falschen Noten.

16. Mai

Liebes Tagebuch,

auch im Leben einer Hexe kommt einmal der Tag, an dem sie einkaufen muss.

Heute war mal wieder so ein Tag, aber ich ging nicht irgendetwas einkaufen.

Ich brauchte eiligst neues Zauberzubehör. Ich bin so ein Typ, ich mach mir keine Einkaufsliste und halt mich streng daran. Es gibt ein bis zwei Dinge, die ich brauche und der Rest ist »Shopping«.

Also fuhr ich zu meinem Lieblingsladen,

»Miris Zauberallerlei«. Dort gibt es alles was ein Hexenherz begehrt, angefangen bei leckeren Tees und diversen Kräutern, über Räucherutensilien, bis hin zu magischen Werkzeugen und sogar Instrumenten wie Trommeln oder Didgeridoos. Als ich den Laden betrat, kam gleich die Miri, lächelnd, auf mich zu. »Hallo Liebes, wie schön dich wiederzusehen. Wie geht es dir, was kann ich für dich tun?«

Ich erwiderte ihr Lächeln »Hallo Miri, danke, mir gehts gut. Ich brauche Weihrauch, hab bei meinem letzten Ritual alles verbraucht.« Weihrauch gibts dort immer und zwar nicht diesen Schund, wie er in der christlichen Kirche verwendet wird, sondern das richtig gute Zeug. Sie führte mich zu einem Regal.

»Klar, so viel du willst. Ich habe das Gefühl, du könntest bald Lorbeerblätter gebrauchen. Ich habe hier auch noch einen silbernen Anhänger, der gut zu dir passen könnte.«

Ich fühlte das Schmuckstück in meiner Hand.

»Meinst du? Was stellt der Anhänger dar?« Sie sah mir, mit einem wärmenden Blick, in die Augen. »Ist so ein Gefühl. Das ist eine Schlange, die sich selbst in den Schwanz beißt.«

Er schimmerte silbern. »Er ist schön, ich brauche auf jeden Fall noch eine neue Ritualkerze.«

Miri gab mir eine Kerze in die Hand. »Pass auf, für dich alles zum halben Preis.«

Ich merkte wie mein Gesicht errötete. »Das ist aber lieb. Vielen Dank.«

Sie zwinkerte mir zu. »Für dich immer.«.

Insgesamt gab ich nicht mehr als dreißig Euro aus.

Als ich wieder zu Hause war, bekam ich einen Anruf von Doloris. Sie lud mich für nächsten Samstag zum Essen ein. Da freue ich mich schon drauf.

Danke für deine Geduld. Bis nächstes Mal.

Deine Ida

20. Mai

Liebes Tagebuch,

die Aynur ist schon seit einigen Tagen außer Haus und ich hatte bisher keine Ahnung wo sie ist. Ich machte mir große Sorgen, bis sie heute mit einer ganzen Schar von Türken auftauchte, die alle ihre Sachen einpackten und mitnahmen. Aynur sah mich mit einem frostigen Blick an. »Ida, ich ziehe aus. Stell keine Fragen. Es ist besser so.«

Ich war verdutzt. »Hä? Was ist denn los, lass uns reden.«

Sie drehte sich leicht von mir weg. »Ich sagte, stell keine Fragen.« Dann drehte sie sich endgültig zum Gehen.

Ich rief ihr hinterher: »Aynur!«

Dann sah sie mich noch einmal an »Machs gut, Ida.« und verschwand.

Als alle weg waren, ging ich in ihr Zimmer. Ich stand wie versteinert und starrte in den leeren Raum. Ich bin sicher, das Ritual hat funktioniert.

Aber wahrscheinlich hat die Familie von diesem komischen Türkenheini ihre Finger im Spiel. Ich hoffe, Aynur lässt sich nicht zu sehr unterbuttern und sie kommt zurecht.

Ich bin jetzt ab sofort alleinlebend und muss doppelte Miete zahlen. Das schaffe ich höchstens für ein paar Monate.

Gleich morgen werde ich ein Inserat in die Zeitung setzen, dass ich eine neue Mitbewohnerin suche.

Das wars erstmal für heute.

Deine Ida

21. Mai

Liebes Tagebuch,

als ich aufwachte, war mir so, als würde ich die Aynur hören. Ich rannte erwartungsvoll in ihr Zimmer, um sie zu begrüßen, doch als ich dort ankam hörte ich nichts mehr. Das Zimmer war leer und mein Herz wurde noch schwerer als gestern. Nun war mir klar, sie kommt nicht mehr zurück.

Ich telefonierte noch einmal mit Doloris.

»Hey Lori, bleibts bei Samstag? Soll ich was mitbringen?«

»Hey Ida, klar bleibts dabei. Es wäre super, wenn du was leckeres backen könntest.«

»Sehr gerne, ich bringe einen Kuchen mit.«

»Super. Übrigens, Gundula kommt auch und bringt Florian mit. Dann lernen wir ihn endlich kennen.«

»Ja, freu mich drauf, hoffentlich passt er zu uns.«

»Ah, ganz bestimmt. Du, ich muss auflegen, Peter kommt nach Hause. Freu mich auf Samstag. bis bald«

»Ich freu mich auch, bis bald.«

Ich ging in die nächste Kaufhalle und besorgte alles für einen Wallnussbuttercremekuchen. Ich mag Wallnussbuttercremekuchen gern und den kann ich sehr gut auf meinem Besen transportieren. Den werde ich aber erst morgen backen, das reicht ja noch.

Mehr gibt es für heute nicht zu berichten. Bis demnächst
Deine Ida

23. Mai

Liebes Tagebuch,

gestern schrieb ich nichts, da ich nur den Kuchen backte.

Heute flog ich zu Doloris. Gundula und Florian waren bereits da. Alle freuten sich über meinen Kuchen, wir aßen tranken und hatten viel Spaß.

Doloris wohnt, mit ihrem Lebensgefährten, Peter, in einem Bungalow. Der war ziemlich groß, ich schätze so mehrere hundert Quadratmeter. Sie hat alles recht spartanisch eingerichtet, es gibt wenig Dekoration, alles ist schnörkellos. Der größte Raum ist die Küche, das wirkte vielleicht auch nur so, weil sie offen war und direkt in die Stube überging. Wir hielten uns meist auf ihrer großen Terrasse auf. Da die Sonne so hell schien und es recht warm war, gingen wir dann irgendwann in ihren, sehr schön gepflegten, Kräutergarten. Dort zeigte Flo, so wollte er genannt werden, uns voller Freude seinen fliegenden Teppich. Ja genau, er hat einen fliegenden Teppich. Er sagte: »Den habe ich von einem Iraner namens Quasem geschenkt bekommen, als Dank, dass ich ihm sein Leben gerettet habe.«

Fehlte nur noch, dass er eine Wunderlampe aus seiner Tasche holte und einen Turban aufsetzte.

Ich bin wahrscheinlich einfach nur neidisch auf diesen kleinen Angeber aber ansonsten ist der ja ok. Ich denke, er passt gut zu uns dreien.

Übrigens, Flo ist tatsächlich schwul, er berichtete uns von seinem Mann. »Ihr müsst unbedingt meinen Mann kennenlernen. Wisst ihr, Frederic interessiert sich auch für Zauberei und Okkultismus, aber er traut sich nicht, es zuzugeben. Ich glaube, ihr würdet ihn mögen.«

Wie in einem Chor ertönten unsere Stimmen gleichzeitig. »Sehr gerne, wenn es mal passt.« Ich schlussfolgere jetzt einfach mal, dass alle männlichen Hexen schwul sind, so wie Friseure oder Modedesigner. Später flogen wir alle noch eine große Runde.

Es war eine richtige Genugtuung zu bemerken, dass der fliegende Teppich nicht so schnell war wie unsere Besen, auch wenn er verdammt cool aussah.

Das hat mir heute echt gutgetan. Ich habe wirklich den besten Hexenzirkel auf der Welt und bin so froh solche Freunde zu haben. Mit diesen dreien an meiner Seite überstehe ich wirklich alle Widrigkeiten.

Ahja, ich hätte fast vergessen, dass Doloris uns zu ihrem Handfasting eingeladen hat. Handfasting ist eine heidnische Hochzeit, das wird ein riesiger Spaß.

Mehr gibts für heute nicht zu berichten.
Deine Ida

25. Mai

Liebes Tagebuch,

lang hats gedauert, aber endlich traf sich der Stammtisch mit Zwitschernder Sperling.

Er mietete eine kleine Halle oder eher sowas wie einen Partyraum, da er nicht genug Platz in seiner Wohnung hatte. Gekommen waren Bernd, die Sockenzwillinge, Doloris, Gundula, Flo und ich. Jeder brachte sich eine Matte mit und Zwitschernder Sperling hatte noch eine Rassel, eine Trommel und Tarotkarten dabei. Wir redeten nicht groß und fingen gleich an. Jeder zog eine Tarotkarte und behielt diese, ohne sie sich anzusehen. Dann legten wir uns auf die Matten und schlossen die Augen. Zwitschernder Sperling fing an zu rasseln und später zu trommeln und wir versuchten durch einen Trancezustand herauszufinden, welche Karte wir gezogen hatten und was die Karte in uns auslöst. Irgendwie klappte es bei mir nicht so gut. Vielleicht bin ich nicht für solche Trancereisen geschaffen. Ich sah nichts, was auf eine Tarotkarte hinwies.

Sondern sah wie bei meiner letzten Reise, eine schemenhafte Person und roch erneut diesen Fichtenduft. Ich versuchte mich dennoch auf meine Karte zu konzentrieren, doch es half nichts.

Ich bin absolut talentfrei. Ich sprach das auch nicht an, das ist ja mega peinlich.

Das schamanistische ist wohl nicht ganz so meins, wiederholen werde ich das sicher nicht. Ich weiß auch gar nicht mehr, welche Karten die anderen hatten. Jedenfalls hatten wir im Anschluss noch einen schönen Abend mit Gesang, Gedichten und einfach viel erzählen über dies und das.

Ich danke Dir für deine Leeren Seiten
  Deine Ida

29. Mai

Liebes Tagebuch,

unser Stammtisch traf sich bei Doloris. Sie hatte alles festlich dekoriert, überall hingen frische Blumen. Es war der Tag ihres Handfastings. Wir gingen in ihren Garten, dort hatte Gundula schon alles für das feierliche Ritual vorbereitet. Gundula und ich zogen den Kreis. Dann ließen wir alle Anwesenden paarweise hinein. Das Brautpaar kam zuerst, danach die Gäste. Nachdem sie einige schöne Worte sagte, verband Gundula die Hände von Doloris und Peter mit einer, von mir hergestellten, Kordel. Dann sprach Gundula den Elementsegen über das Brautpaar, dafür drehten sich alle in die entsprechende Himmelsrichtung.

Zuerst Richtung Osten:
»Die süßesten Worte werdet ihr euch sagen, denn niemals wird fort der Wind sie tragen. Euer Denken basiert auf Vertrauen, denn so könnt ihr auf einander bauen.«

Dann nach Süden:
»Eure Leidenschaft wird ewig brennen und eure Herzen niemals trennen.
Das Feuer wird niemals verglühen Und die Funken auf ewig sprühen.«

Dann nach Westen:
»Eure Liebe fließt, so wie das Wasser klar,
denn sie ist so wunderbar.
Auch ist sie tiefer als der Meeresgrund, so bleibet ihr zu zweit gesund.«

Anschließend nach Norden:

»Festigkeit wird euer Bund nun haben, dass er stark ist an allen Tagen.

Eure Liebe wird blühen wie eine Blume so schön.

Und ihre Lieblichkeit wird nie mehr vergehen.« Für mich klang das alles etwas kitschig, aber Doloris hatte sich diese Zeilen gewünscht. Jeder der Gäste brachte Geschenke und gute Wünsche. Doloris und Peter sprangen noch gemeinsam über ihren Hexenbesen und dann kam das Beste.

Das Brautpaar schnitt die Torte mit dem großen Schwert an. Es war sehr schön, emotional und auch lustig.

Ein wenig überrascht waren wir nur, dass die beiden bereits morgen in die Flitterwochen fliegen. Ich glaub sie sind ein paar Wochen weg.

Ich freu mich so für die zwei.

Ich lass den Abend noch etwas ausklingen. Vielen Dank fürs da sein

Deine Ida

02. Juni

Liebes Tagebuch,

heute ist überhaupt nichts

…

…

…

03. Juni

Hallo Tagebuch,

ich brach den letzten Eintrag ab, weil mich das Krankenhaus anrief.

Papa hatte einen Autounfall, sein Bein ist gebrochen und er hat eine Gehirnerschütterung. Ich war bei ihm und hab ihn besucht. »Hallo Papa, wie fühlst du dich?«

»Hey mein Schatz, schön, dass du gekommen bist. Ich lebe ja noch, also ist alles ok. Es tut mir nur leid, dass das Auto Schrott ist, es war ja ein Geschenk von dir.«

Ich umarmte ihn. »Papa, das mit dem Auto ist doch nicht so schlimm. Ich bin froh, dass dir nichts Schlimmeres passiert ist.«

Die Polizei sagte, dass die Bremsen versagten, aber wie konnte das passieren? Das Auto war doch neu.

Ich habe es ihm gekauft. Ich hätte darauf achten müssen. Ich habe nicht aufgepasst, er hätte tot sein können. Wegen mir.

Ich hätte fast Papa getötet. Ida

04. Juni

Hallo Tagebuch,

ich wollte Papa besuchen. Hab's nicht geschafft.

Wie kann ich ihm je wieder unter die Augen treten? Sogar meine Stiefmutter ist derselben Meinung wie ich. Aber die Kuh schiebts auf meine »Gottlosigkeit«, naja egal.

Ändert ja nichts.

Ich wollte mit Gundula sprechen, aber die ist für einige Zeit nicht erreichbar, wohl wegen Flos Ausbildung.

Doloris ist in den Flitterwochen und mit den anderen Stammtischlern kann ich über sowas nicht reden.

Leider ist die Aynur auch weg. Ich bin allein. Allein.

Ida

06. Juni

Hallo Tagebuch,

ich bin nicht allein verantwortlich. In den Nachrichten stand:

Herstellungspfusch, Autohersteller ruft weltweit Fahrzeuge zurück.

Bei einem der größten Fahrzeughersteller traten bei der Verarbeitung der Bremssysteme erhebliche Mängel auf. Laut der Staatsanwaltschaft werden, auf Grund diverser Verfahrensfehler, alle Ermittlungen eingestellt. Der Hersteller kündigte gründliche Prüfung der Ereignisse an.

Darf jeder auf dieser Welt machen, was er will?
    Was die gemacht haben war gefährlich, fast tödlich.
    Die hätten Papa fast umgebracht und mich fast zu einer Mörderin gemacht.

Und …
    …und die kommen davon? Das ist nicht richtig.
    Mein Kopf explodiert fast, ich bin so wütend
    und kann kaum noch klar denken.

Jetzt weiß ich, was ich machen muss und werde.
    Ida

08. Juni

Tagebuch,

da sich niemand für diese Automisere interessierte, machte ich Nägel mit Köpfen. Die werden so schnell keinen mehr verletzen. Ich habe gezaubert, genauer gesagt ein Ritual durchgeführt. Ich habe den Mitarbeitern ein Virus auf den Hals gehetzt.

Vorhin hat das Fernsehen schon darüber berichtet:

Mitarbeiter an unbekanntem Virus erkrankt.

In einem Autowerk erkrankte am Morgen ein Mitarbeiter an einem noch nicht identifizierten Virus. Ob es sich dabei um einen Einzelfall handelt ist noch unklar. Er wurde in das nahe-gelegene Krankenhaus gebracht. Er befindet sich momentan auf der Intensivstation. Seine Symptome sind sehr schwerwiegend. Woher dieses Virus kommt, ist nicht bekannt. Laut Ärzten besteht keine Gefahr der umliegenden Bevölkerung.

Jeder muss die Konsequenzen seines
Handelns begreifen und erfahren.
Ich war noch nicht bei Papa, ich trau mich nicht.
Ida

09. Juni

Tagebuch,

heute wollte ich Papa besuchen, doch es ging nicht. Sie haben keine Besucher reingelassen, weil die irgendeine Infektion im Krankenhaus haben. Sie konnten mir, leider, nichts Genaueres sagen.

Ich hoffe Papa gehts einigermaßen, ich probier's die Tage nochmal.

Was mit den Mitarbeitern des Fahrzeugherstellers ist, weiß ich nicht. Da habe ich noch nichts gehört.

Wichtig ist nur, dass die ihre gerechte Strafe bekommen.

Von meinem Zirkel ist immer noch keiner erreichbar.

So versuch ich mich halt als Einzelkämpferin.

Ida

11. Juni

Tagebuch,

ich rief beim Krankenhaus an. Die sind komplett abgeriegelt, wegen dieser Infektion und am Telefon dürfen die mir leider keine Auskunft geben.

Ich wollte Papa doch unbedingt sehen, mich entschuldigen.

Wie soll das gehen?

Warum kann ich nicht zu Papa?

Ich muss es halt immer wieder probieren, irgendwann lassen die mich schon zu ihm.

Wenigstens in der Hinsicht bin ich einigermaßen guter Dinge.

Ida

13. Juni

Tagebuch,

ich befürchte, ich habe einen riesigen Fehler gemacht.

Nachrichtenauszug:

Unaufhaltsam, Killervirus breitet sich aus.

_Das unbekannte Virus, welches zuerst im anliegenden Auto-
werk auftrat, hat bereits das städtische Krankenhaus erreicht.
Offenbar ist eine Krankenschwester mit einem Bandarbeiter
verheiratet. Das Krankenhaus hat Maßnahmen getroffen. Es
wurde abgeriegelt. Es wurden bereits erste Todesopfer gemeldet,
sie starben nachweislich an dieser unbekannten Krankheit. Der
Gesundheitsminister rief den Notstand aus und hält weitere ver-
schärftere Maßnahmen nicht für ausgeschlossen._

Oh nein, das ist das Krankenhaus, wo Papa liegt.
    Jetzt gibt es auch noch Tote.
    Ich wollte doch niemanden umbringen, nur ihnen eine
Lektion erteilen.
    Ich weiß leider nicht, wie ich das rückgängig machen kann.
Ich weiß nicht mal was für eine Art Virus das ist, ich habe
den Zauber aus einem alten Grimoire.
    Ich habe dort geschaut, aber da steht kein Gegenzauber.
    Ich versuche, eine Lösung zu finden.
    Ida

14. Juni

Tagebuch,

ich bekam heute einen Anruf vom Krankenhaus.

Papa ist gestorben, er hat das Virus gekriegt und sie konnten ihn nicht retten. Es ging wohl alles so schnell.

Ich weiß nicht was ich machen soll.

Mir ist kalt und ich zittere am ganzen
Körper.

Ich habe Mühe, diese Worte zu schreiben. Wieso musste das passieren?

Ich wollte doch nur Gerechtigkeit. Ich habe Papa umgebracht.

Das ist doch nicht fair, warum ich, warum mein Papa?

Er hat doch nichts Böses getan, er war immer gut.

Ich bin eine Mörderin.

Das wollte ich doch nicht. Warum, Tagebuch? Warum? Ida

18. Juni

Tagebuch,

ich esse seit Tagen nichts mehr, ich habe auch keinen Hunger oder Lust zu essen. Ich habe nicht mal Lust die schimmelnden Lebensmittel weg zu schmeißen.

Warum sollte ich auch essen? Wozu?

Weißt du, ich sitze hier auf den Boden, nackt, eingerollt in Decken und die Worte, die ich schreibe, ziehen wie Nebelschwaden an mir vorbei. Sie sind so surreal.

Genauso wie meine Gedanken, meine Gefühle, mein Leben. Mir ist kalt. Mein Kopf dreht sich. Immer wieder klingelte mein Telefon. Doch das ist mir egal, ich will mit niemandem sprechen. Wozu auch? Was ändert das? Nichts! All das würde nichts ändern. Ich bin und bleibe immer noch eine Mörderin.

Papa ist und bleibt immer noch … Ida

20. Juni

Tagebuch,

gestern war Bernd an der Tür. Als ich ihm öffnete, und er mich sah, erschrak er. Weiß nicht warum.

Ich schickte ihn gleich wieder weg.

Heute war meine böse Stiefmutter vor der Tür, sie erschrak auch, als sie mich sah. »Was ist denn mit dir passiert?«

Ich knallte ihr nur die Tür vor der Nase zu. Warum kann mich niemand in Ruhe lassen? Ich will deren Mitleid nicht. Ich verdiene deren Mitleid nicht.

Ich habe angefangen, in einem Zauberbuch über Opfermagie und Dämonologie zu lesen, weil meine anderen Zauberbücher keinen Sinn machen.

Vielleicht finde ich dort eine Lösung oder zumindest einen Sinn. Ida

21. Juni

Tagebuch,

Papa wurde beerdigt, ich habe heute zufällig die Zeitungs-
anzeige gelesen.

Von der Erde gegangen, im Herzen geblieben.

*In Liebe und tiefer Dankbarkeit nehmen wir Abschied von un-
serem geliebten*

Benjamin Weißdorn

*02.02.1962 †14.06.2020

*Alle die Abschied von ihm nehmen wollen, sind am 19.06.2020
um 11:00 beim Friedhof an der Marienkirche sehr herzlich zur
Trauerfeier eingeladen.*

Ehefrau Elsbeth Tochter Ida

Mir hat niemand Bescheid gesagt. Ich wäre doch hingekom-
men und hätte mich von ihm verabschiedet.
   Ida

23. Juni

Tagebuch,

ich versuche immer noch herauszufinden, wie ich Papas Geist beschwören kann. Ich überlegte sogar, in den Kraftstrom zu reisen und die Göttin Hel oder meine Mithexen zu befragen, aber nach allem was ich getan habe, halte ich das für keine gute Idee. Lieber bleibe ich für mich und lese in Zauberbüchern, dort bin ich auf einige Texte und Geschichten über Aleister Crowley gestoßen, der ja auch mit dem Hexentum einige Parallelen hat. Er hatte einige Erfahrungen im Bereich der Dämonenbeschwörung. Nur will ich weder Dämonen beschwören noch drogenabhängig werden, so wie er. Ich weiß nur, dass ich wahrscheinlich irgendetwas opfern muss. Ich hoffe nur, nicht meine Seele. Obwohl. Das wäre auch egal. Ich hätte es nicht anders verdient.

Ida

27. Juni

Tagebuch,

nach einigen Tagen der Recherche und Fehlversuche, führte ich heute ein Ritual durch. Meine Hoffnung war es die Seele meines Papas zu beschwören und mit ihm zu sprechen. In meinem Ritualkreis erschien, nach dem ich die Beschwörungsformel aufgesagt hatte, ein Wesen, welches ich nicht gut erkannte. Es sah schon annähernd menschlich aus, war aber in Schatten gehüllt. Es fragte mit tiefer, aber gleichzeitig leicht schriller Stimme: »Wer ruft mich herbei? Auf die materielle Welt.«

Ich zögerte kurz. »Ich, Ida, aber ich wollte dich nicht beschwören, das war ein Versehen, bitte entschuldige. Wie heißt du?«

Er schien größer zu werden. »Ich heiße Perdurabo. Welchem Umstand verdanke ich dieses Versehen?«

Er wirkte freundlich, dennoch stach seine Frage tief in mein Herz. »Mein Vater ist gestorben.«

Es schien ihn nicht zu überraschen. »Durch deine Tat.«

Das Gespräch machte mich traurig. »Ja und eigentlich wollte ich ihn beschwören.«

Er sprach leise weiter. »Vielleicht könnten wir uns des Handels einig werden.«

Sein nun säuselnder Ton machte mich gleich misstrauisch. »Was für ein Handel?«

Er kam näher. »Ich helfe dir dabei, mit deinem Vater zu sprechen, wenn du dafür sorgst, dass ich dauerhaft auf dieser Welt bleibe.«

Das Angebot klang sehr verlockend, dennoch wurde ich

misstrauischer. »Dafür kenne ich dich nicht gut genug. Tut mir leid aber ich lehne ab.«

»Iidaa, …« wie er meinen Namen aussprach, ließ mir einen Schauer über den Rücken laufen » … ich spüre deine Trauer, deinen Schmerz und deinen Selbsthass. Hilfst du mir, werde ich dir helfen, dich davon zu befreien.«

Ich war den Tränen nahe. »Was weißt du schon von meinen Gefühlen?«

»Oh Iidaa, dein gesamtes Sein schäumt über voller Pein. Das würden sogar deine Hexenfreunde sehen. Ich biete dir jetzt Hilfe, in dieser so schweren Zeit.

War sonst jemand für dich da?«

In gewisser Weise hatte er Recht. Ich stimmte dem Handel zu und er verschwand. Woher weiß er von meinem Hexenzirkel? Bin ich so leicht zu lesen?

Ich werde ihn in ein paar Tagen erneut beschwören und dann besprechen wir alles Weitere. Ich habe tatsächlich etwas Hoffnung, dass sich vielleicht alles noch zum Guten wenden kann.

Ida

30. Juni

Tagebuch,

in den Nachrichten gab es bisher noch keine Neuigkeiten, nur dass es immer schlimmer wird:

Killervirus weiterhin auf dem Vormarsch, Ärzte machtlos.

Das immer noch namenlose Virus, welches im Volksmund als Killervirus bezeichnet wird, macht keinen Halt. Mittlerweile ist es auch in einigen Nachbarländern aufgetreten. Der Präsident des Ärztebundes, der Chefvirologe des Landes sowie der Gesundheitsminister trafen sich gestern Abend um das weitere Vorgehen zu besprechen. Dabei kamen sie aber leider zu keiner Einigung. Unterdessen sind weitere
15.000 Menschen erkrankt, es gibt bisher 9.000 Tote. Darunter sind alle Altersklassen und sozialen Schichten vertreten. Wenn nicht bald ein Impfstoff gefunden wird, könnten noch viel mehr Menschen sterben, so die Experten. Zurzeit arbeiten über 50 Labore und Institute weltweit an einem Heilmittel. Bisher aber ohne nennenswerten Erfolg. Die Regierung empfiehlt allen, die nicht müssen, das Haus nicht zu verlassen.

Ich muss Perdurabo unbedingt nach einer Heilung fragen. Ich weiß nur nicht, ob er mir hilft. Schließlich ist das nicht Teil unseres Handels, aber ich glaube, ich kriege ihn dazu. Naja, hoffen wir das Beste.

Ida

02. Juli

Tagebuch,

ich habe mich, zum ersten Mal seit Wochen, wieder geduscht und meine Haare gepflegt, dennoch erschrak ich, als ich in den Spiegel blickte. Ich sah etwa zehn Jahre älter aus. Um ehrlich zu sein, fühle ich mich auch so.

Vor meiner Tür lag ein Brief meines Vermieters, hab ja schon seit Ewigkeiten den Briefkasten nicht mehr geleert. Warum auch? Der Brief wanderte schnell in die Tonne, ich musste mich schließlich auf mein Ritual konzentrieren und darauf, dass alles funktioniert.

Also führte ich mein Ritual durch und beschwörte erneut Perdurabo.

Ohne Begrüßung und langem Geplauder sprach er, sofort: »Iidaa, bist du bereit für unser Vorhaben?« Da war er wieder, dieser kalte Schauer.

»Erst möchte ich, dass du das Virus, welches ich erschaffen habe, stoppst.«

Er schaute grimmig. »Das war nicht Teil unserer Abmachung.«

Mir war klar, dass er das sagen würde, ich pokerte. »Wenn du es nicht stoppst, dann kannst du unseren Handel vergessen.« Damit hatte ich ihn.

»Nun gut, Iidaa. Ich zeige dir einen Gegenzauber, aber du musst ihn selbst durchführen.«

Ich versuchte selbstbewusst rüberzukommen.

»Das krieg ich hin, schließlich bin ich eine Wicca.«

Ich meinte ein leichtes Grinsen in seinem sonst so neutral-grimmig wirkendem Gesicht zu erkennen. Er gab mir den

Zauber und wir besprachen was ich sonst noch vorzubereiten hatte.

So ging ich also zu »Miris Zauberallerlei«. Miri schaute mich ganz verwundert an, als wir uns trafen, und verzog seltsam das Gesicht. Da dachte ich mir nichts dabei, ältere Menschen sind halt manchmal merkwürdig.

»Liebes, sieh dich an. Deine Aura. Du steckst voller Schmerz. Wie darf ich dir behilflich sein?«

Ich ignorierte ihre Sorge. »Ich brauch nur ein paar Sachen.«

»Natürlich, was immer du möchtest. Liebes?«

»Ja?«

»Wenn du reden willst oder Hilfe brauchst, komm einfach vorbei.«

Sie ist wirklich lieb und aufmerksam, doch ich kann nicht mit ihr reden. Nach dem, was ich getan habe, würde sie mich hassen und für ein Monster halten. Sie würde mein wahres Ich sehen. Eine Mörderin. Wer will schon was mit einer Mörderin zu tun haben? Ich nicht, aber ich muss ja. Perdurabo scheint das egal zu sein, ich hoffe, dass er mir helfen kann, aber zuerst muss ich Vorbereitungen treffen für sein Ritual.

Ich kaufte also einige exotische Kräuter, einen alten Kupferschlüssel, ein Räucherbündel sowie ein Wachspentakel. Lorbeerblätter hatte ich ja noch, und trottete nach Hause.

Soweit dazu Ida

04. Juli

Tagebuch,

ich führte das Gegenritual durch, welches mir Perdurabo gab. Es war recht kompliziert und sehr anstrengend, aber ich denke, dass ich alles richtig gemacht habe, schließlich hängt viel davon ab.

Nach einigen schlaffreien Ruhestunden im Bett, beschwörte ich erneut Perdurabo.
»Ich habe das Ritual durchgeführt und alles besorgt, was du mir aufgetragen hattest.« Sein Mund verzerrte sich zu einem grauenerregenden Grinsen. »Sehr gut Iidaa. Bist du bereit für deine Lektion, mit der du all dein Leiden beenden kannst?«
Ich nickte. »Ja, das ist ja auch einer der Gründe, warum ich dir helfe.«
Ich setzte mich und lauschte ihm. »Weißt du, warum du an deinem Schmerz leidest?«
Ich verstand die Frage nicht ganz. »Weil er weh tut?«
Er lachte. »Weil du ihn bekämpfst, ihn wie einen Feind behandelst.«
Er irritierte mich.
»Wie soll ich ihn sonst behandeln?«
Er wirkte erstaunt, dass ich ihn nicht gleich verstand. »Wie einen Freund natürlich, heiße ihn willkommen, nur dann kannst aus ihm Kraft ziehen. Machst du weiter wie bisher, ist es ganz natürlich, dass du leidest. Iidaa, der Schmerz ist das natürlichste auf der Welt, er ist der beste Lehrer. Eine Lektion, die nicht unter Schmerzen gelernt wird, wird vergessen.«
Ich verstand, aber winkte ab. »Das ist Quatsch.«

Er zuckte verächtlich mit den Schultern und beugte sich zu mir vor. »Dann leide!«

Er verschwand.

Das ist absoluter Quatsch, Schmerzen sind nicht schön, außer man steht auf SM und Bondage oder so. Dennoch machten mich seine Worte nachdenklich. Ist das willkommen heißen des Schmerzes der Schlüssel, um mein Leiden zu beenden? Würde das mein Leben wieder ins Lot bringen und könnte ich mich wieder unter meine Freunde trauen?

Aber was bitte hätte ich durch diesen grausigen Schmerz lernen sollen?

Als ich weiter darüber grübelte, wurde mir ganz schlecht und zittrig.

Für heute reichts mir. Ida

07. Juli

Tagebuch,

ich spürte, dass Gundula versuchte, mich mental zu erreichen, vermutlich weil ich schon seit einiger Zeit mein Telefon abgeschaltet hatte. Ich blockierte ihren Versuch, da ich noch nicht bereit bin, mit irgendjemanden zu reden, erst muss Perdurabo mir helfen, mein Leiden zu beenden und mich mit Papa reden lassen.

Da ich nichts zu tun hatte, forschte ich ein wenig nach, aber nirgendwo tauchte der Name Perdurabo auf. Einzig seine Bedeutung fand ich. Es ist Latein und bedeutet »ich werde aushalten« oder »ich werde fortdauern.«

Der Zauber scheint geklappt zu haben, jedenfalls laut der Nachrichten:

Wunderheilung!? Unbekanntes Virus ist verschwunden.

Alle Erkrankten sind genesen.
Jubelstimmung, das vor kurzem aufgetretene Killervirus ist verschwunden. Alle bisher Infizierten zeigen keine Symptome mehr und alle Virustests waren negativ. Es herrscht große Erleichterung bei allen Beteiligten. »Es ist ein Wunder", sagen einige. Andere, besonders einige Querdenker, sind der Meinung, es hätte nie ein Virus gegeben und das wäre alles nur eine Verschwörung gewesen aber die Todeszahlen sprechen Bände. In den Krankenhäusern kehrt langsam wieder Normalität ein. Insgesamt forderte dieses Virus 20.000 Tote.

Ich schätze, da kann ich diesem Dämon wohl doch vertrauen. Ich werde noch einmal über alles nachdenken, was er mich lehren wollte. Dennoch bleib ich achtsam.

Ida

09. Juli

Hallo mein Tagebuch,

ich schloss meine Augen und meditierte.

Ich meditierte über meine Trauer, meine Wut, meine Scham, über all meinen Schmerz und über die Worte Perdurabos.

Ich versuchte, mich seiner Denkweise zu öffnen. Als ich meinen Schmerz ganz intensiv spürte, war es, als würde ein brennendes Inferno über mich hinwegfegen und all mein Sein zu Asche verbrennen. Selbst meine Tränen verdunsteten noch bevor sie überhaupt entstanden. Ich öffnete mich dem Schmerz und empfing ihn voll und ganz. Dann merkte ich die Energie in diesen alles verzehrenden Flammen, die Wärme und das Licht. Es war nicht wie die typische Wärme die man fühlt, wenn man an einem Sommertag spazieren geht, oder wie das normale Licht, welches man sieht, wenn die Sonne scheint. Es war anders, gefährlicher. Diese Wärme verbrannte mich ganz, dieses Licht blendete mich auf ewig. Dennoch sog ich all das in mich auf.

Ich spürte, wie ich eins mit den Flammen wurde, eins mit der Hitze, eins mit dem Licht. Eins mit dem Schmerz. All diese Energie durchflutete meine Existenz, mein ganzes Dasein und ich fühlte mich stark, lebendig, frei. Nun weiß ich, was Perdurabo meinte, wie recht er hatte. Der Schmerz ist ein Freund und gibt mir Kraft. Je mehr ich von ihm habe, desto stärker, lebendiger und freier werde ich. Ich öffnete meine Augen wieder und fühlte mich immer noch großartig. Der Schmerz war noch da, intensiver als zuvor, aber es war gut. Ich litt nicht mehr. Ich empfand keine Wut mehr, keine

Trauer und auch keine Reue. Denn es war alles gut so, wie es passiert ist. Nur dadurch konnte ich mich so gut fühlen.

Tagebuch, ich wünschte mir, dass das nie vorüber geht und ich noch viel mehr Schmerzen haben kann um mich noch besser zu fühlen.

In ein paar Tagen werde ich Perdurabo wieder beschwören und dafür sorgen, dass er auf ewig in dieser Welt sein kann.

Deine Ida

13. Juli

Hallo mein Tagebuch,

es ist der Wahnsinn, wie sehr sich meine Macht verstärkt hat und das nur durch Perdudabos kleine Hilfe.

Ich brauche keine Rituale mehr, um große Zauber zu wirken. Auch mein Besen fliegt schneller, so als ob er getunt wurde. Ich kann einfach alles viel schneller und besser und das Beste ist, dass ich keine Schuldgefühle und keine Angst habe, egal was ich tue. Ich habe das Gefühl, ich kann alles erreichen.

Wenn Perdurabo endlich dauerhaft in dieser materiellen Welt ist wird er mir bestimmt noch viel mehr zeigen und mich unterweisen. Vielleicht kann ich sogar irgendwann auch meinen Zirkel davon überzeugen, aber dafür ist es noch zu früh. Ich muss dringend noch mehr Schmerz ansammeln um noch mächtiger zu werden. Aber bis es soweit ist, werde ich mich auf unser Ritual und dafür brauche ich definitiv ein Ritual vorbereiten.

Das heißt, ich höre jetzt auf zu schreiben und lerne Text auswendig.

Denn morgen ist es schon so weit, der große Tag an dem Perdurabo befreit wird ist nahe.

Bis bald
    Deine Ida

14. Juli

Hallo mein Tagebuch,

ich schreibe dir, nachdem ich wiedererwachte. Ich weiß nicht, wie lange ich bewusstlos war. Ich fühle mich schwach und ausgelaugt, aber am besten fange ich vorne an:

Ich beschwor wieder einmal Perdurabo. Ich war so entschlossen, ihm zu helfen, da ich wusste, dass ich ihm vertrauen konnte. Er sprach zu mir: »Iidaa, lass mich, bevor wir anfangen, dir helfen, mit deinem Vater zu sprechen.«
Ich schüttelte den Kopf und schloss kurz meine Augen. »Nein, das möchte ich nicht mehr. Du hast mir gezeigt, wie wundervoll der Schmerz sein kann. Ich fühle mich großartig, voller Kraft und Energie. Ein Gespräch mit Papa würde meinen Schmerz vielleicht reduzieren und das möchte ich nicht. Alles ist so gekommen wie es sollte und ich bin froh darüber. Ich danke dir für diese Erkenntnis und werde alles dafür tun, um dich dauerhaft in diese Welt zu lassen.«

Ich meinte ein leichtes Aufflackern seiner Augen zu bemerken. »Nun gut. Wie du wünschst. Fangen wir an!«
Ich nickte feierlich »Fangen wir an!«
Ich verknotete meine exotischen Kräuter mit den Lorbeerblättern und befestigte sie an dem Räucherbündel. Dann machte ich ein kleines Feuer, und warf den Kupferschlüssel und das Wachspentakel hinein. Nach einigen Minuten zündete ich das Räucherbündel an. Mit dem Rauch, der am Bündel entstand, räucherte ich den gesamten Raum. Ich zeichnete ein Pentagramm, mit einem Durchmesser von ungefähr einem Meter, auf den Boden. Dann stellte sich Perdurabo in

die Mitte des Pentagramms, ich breitete meine Arme aus und sprach die Zauberformel. Währenddessen merkte ich, wie stetig Energie von mir auf Perdurabo überging, ich machte dennoch immer weiter. Mir wurde kalt, zittrig, ich verlor zuerst mein Gefühl in den Gliedern und dann das Bewusstsein.

Ich weiß nicht, ob alles funktioniert hat und wo er ist.

Moment, es klopft an der Tür.

15. Juli

Hallo mein Tagebuch,

keine Ahnung, wie ich das schreiben soll. Ich bin obdach-
los. Die Polizei war an der Tür, mitsamt meinem Vermieter
und schmiss mich einfach raus. Einfach so. Mein Vermieter
meinte, er hätte mich ganz oft versucht zu kontaktieren und
ich hätte nicht reagiert. Wohl, weil ich die Miete allein nicht
abdecken konnte. Scheiße wars. Ich habe nur noch Kleidung,
den Besen, einen Stift und dich. Alles andere hat er behalten,
quasi als Entschädigung für den Mietausfall. Ich habe keine
Ahnung, wo ich hin soll. Mein Besen springt nicht an, selbst
in den Kraftstrom komme ich nicht und ich kann niemanden
von meinem Zirkel mental erreichen. Ich bin immer noch so
ausgelaugt. Es ist als wäre ich von der Magie abgeschnitten.
Ich sage dir, ich fühle mich hundeelend. Auch alle Gefühle
sind wieder da, meine Trauer, meine Reue, meine Wut und
Enttäuschung. Das hätte ich nie gedacht, dass ich noch viel
einsamer sein könnte als zuvor. Ich könnte heulen.
   So ging ich zu der einzigen Person, die ich zu Fuß gut
erreichen konnte.

Miris Zauberallerlei hatte noch geschlossen, war ja auch noch
sehr früh, dennoch klingelte ich an der Tür. Miri war ganz
entsetzt, als sie mich sah. Ich muss schrecklich ausgesehen
haben. Sie hielt ihre Hand vorsichtig an mein Schulterblatt
und führte mich. »Komm rein Liebes, was ist passiert?«
   Während ich ihr alles erzählte, machte sie mir einen heißen Tee und gab mir Suppe, die sie zuvor gekocht hatte.
Du ahnst gar nicht, wie gut mir das tat. Da sie über ihrem
Geschäft wohnte, bereitete sie mir ein Bett, so dass ich mich

ausruhen konnte. Nach ein paar Minuten kam sie zu mir und setzte sich auf die Bettkante »Kann ich noch etwas für dich tun, Liebes?« »Danke, aber du hast schon mehr getan als ich verdiene.«

Sie strahlte eine wohlige Ruhe aus. »Sag sowas nicht, wir alle machen mal Fehler. Sogar unfehlbare Hexen.«

Ich schmunzelte. »Miri, ich habe nicht nur vergessen, meine Tür abzuschließen.«

»Soll ich Gundula benachrichtigen oder Doloris?«

Ich sah beschämt nach unten. »Weiß nicht, ich trau mich nicht, mit ihnen zu sprechen, nach allem was passiert ist.«

Mit einem mahnenden Blick und erhobenen Zeigefinger sprach sie: »Du solltest eigentlich wissen, wie verständnisvoll die beiden sind. Vor allem, wenn es um die Familie geht.«

»Aber ich schäme mich so, ich hasse mich selbst. Wenn ich mir nicht mal selbst vergeben kann, wie …« Ich weinte. Miri legte mir tröstend den Arm auf die Schultern.

Deine Ida

16. Juli, morgens

Hallo Tagebuch,

nach einer Zeit der Ruhe, versuchte ich meinen Besen anzuwerfen. Doch es klappte wieder nicht. Ich versprach Miri, wiederzukommen und ging spazieren. Der Friedhof war nicht so weit weg und ich nutzte die Gelegenheit, um meine Eltern zu besuchen. Das Grab war schön gepflegt, viele Blumen waren eingepflanzt. Ich kniete mich hin und bat Papa um Verzeihung, in der Hoffnung er könnte mich hören und mir antworten. Doch es geschah nichts. Gar nichts. Nicht einmal ein Vogelzwitschern. Als ich wieder gehen wollte, roch ich etwas, was ich kannte. Es roch nach Fichte. So sah ich mich um und sah einen kleinen Spatz, der sich vor mir auf den Boden setzte. Er zwitscherte ganz munter und lief tiefer in den Friedhof hinein. Wie magnetisiert folgte ich ihm. Er wurde schneller, ich wurde schneller. Meine Umgebung zog an mir vorbei, wie Schemen. Ich folgte dem kleinen Vogel immer weiter. Irgendwann hielt er und ich sah eine kleine Laube, mitten im Fichtenwald.

Der Spatz flog durch einen Spalt hinein. Ich klopfte an der Tür.

»Komm herein, Ida.«

Ich öffnete die Tür. Drinnen war es hell erleuchtet, einige Kerzen standen an den Seiten. Es roch immer noch nach Fichte, aber auch nach Tee. Am hinteren Ende der Laube saß Zwitschernder Sperling auf einem Sitzkissen, mit einer weiten Handbewegung signalisierte er mir, mich auf das zweite Kissen zu setzen. Du ahnst sicher, dass ich sehr überrascht war. Das fiel auch Zwitschernder Sperling auf. Denn er brach das Schweigen.

»Hallo Ida. Du bist überrascht. Nachdem du dich abgeschottet hattest und niemand dich erreichte, ließ ich meine Seele fliegen und beobachtete dich. Ich konnte nur leider nicht eingreifen ins Geschehen.«

Das hatte ich nicht erwartet. »War meine mentale Barriere so leicht zu durchdringen und wo sind wir hier? Das ist nicht deine Wohnung.«

Er schloss die Augen, saß weiter sehr entspannt und lächelte ein wenig. »Ich habe meine Möglichkeiten, du bist hier in meinem kleinen Tempel, den habe ich erst vor kurzem in Beschlag genommen.«

»Und warum ...«

» ... bist du hier?«

Ich hasse Unterbrechungen, aber ich ließ ihm das durchgehen, da ich weiß, dass er es gut meint.

»Du bist hier, weil ich dir geben kann, was der Dämon nicht vermochte. Ich gebe dir eine Chance, mit deinem Vater zu reden!« Ich verstand nicht. »Perdurabo konnte das schon ...« Ich schaute betrübt zu Boden » ... aber ich wollte nicht.«

»Du wurdest manipuliert, Ida. Er wusste, dass du das sagen würdest.«

Das war so unglaublich für mich.

»Was? Das war Teil unseres Handels und er hat mir geholfen, das Virus aufzuhalten.«

Er schüttelte den Kopf. »Er wollte dein Vertrauen gewinnen. Durch dein letztes Ritual hast du ihm all deine Macht geschenkt. Deswegen wollte er, dass du stärker wirst, durch die finstere Macht des Schmerzes. Ob du überlebst, war ihm egal.«

Nun fiel es mir wie Schuppen von den Augen

»Er hat mich betrogen und belogen«, flüsterte ich.

Diese Erkenntnis traf mich wie ein Messer in den Rücken

und ich zuckte zusammen. Seine Aura wirkte lindernd. »Ja, aber eins nach dem anderen. Sprich mit deinem Vater.«

»Wie?«

»Durch eine Trancereise.«

»Ich, ich kann nicht. Ich kann keine Magie anwenden.«

»Zusammen schaffen wir alles.«

Zusammen? Was bedeutete dieses Wort? Ich war starr, bewegungslos.

Er reichte mir seine Hand. »Du bist nicht allein. Ich steh an deiner Seite.«

Du bist nicht allein. Diese Worte waren wie Balsam für meine zerbrochene Seele. Ermutigt griff ich seine Hand und willigte ein.

Bis bald Deine Ida

16. Juli, nachmittags

Hallo Tagebuch,

Zwitschernder Sperling führte mich zu einem Weiher, ganz in der Nähe seines Tempels. Das Wasser war blau und klar, es schimmerte im Schein der untergehenden Sonne. Wir setzten uns im Schneidersitz gegenüber. Dann nahm er meine kalten Hände in die seinen, sie waren warm wie ein Lagerfeuer in der Nacht. »Ida, schließe deine Augen. Lass alles fallen, denk an nichts. Lausche einfach und genieße diesen Ort.« Ich atmete noch einmal tief durch und tat, worum er mich bat. Dann fing er an, irgendwelche Laute zu singen. Wider meiner Erwartung fühlte ich mich ganz leicht. So als ob ich fliegen könnte. Ich lauschte immer intensiver und meine Seele löste sich von meinem Körper. Ich schwebte in der Luft und sah zu mir herunter. Es war, als wäre ich ein Windhauch, der jeden Moment fortweht. Zwitschernder Sperlings

Seele hatte auch seinen Körper verlassen. Er nahm mich an der Hand und tauchte mit mir in das wunderschöne Wasser ein.

Ich hielt instinktiv die Luft an, um nicht zu ertrinken. Doch ich merkte schnell, dass dies nicht nötig war. Eine Seele kann nicht ertrinken. Wir tauchten immer tiefer, bis zum Grund und noch darüber hinaus. Als wir an einem dunklen Ort zum Stehen kamen, war es sehr kühl und leicht windig, ich fror ein wenig. Zwitschernder Sperling ließ meine Hand los und gab mir ein Zeichen, ihm zu folgen. »Wir sind in der Unterwelt, dort wo die Toten wandeln.«

Er führte mich zu einer Brücke, die über einen großen lebhaften Fluss führte. Auf dem Fluss schwammen Schwäne. Er zeigte zum anderen Ufer. »Dort müssen wir hin.«

Ich wurde immer nervöser. »Was ist dort?«

»Du wirst schon sehen.«

Mit einem mulmigen Gefühl, aber mit Vertrauen folgte ich ihm über die Brücke. Als wir das andere Ufer erreichten kam ich aus dem Staunen nicht mehr heraus.

Es war taghell. Der Himmel hellblau. Vor mir erstreckte sich eine Wiese bis zum Horizont. Blumen wuchsen in allen Farben und Formen. Störche flogen über uns hinweg.

Katzen tollten im Gras und Insekten schwirrten überall herum.

Ich roch den magischen Duft des Frühlings und spürte die Wärme des Frühsommers auf meiner Haut. Dieser Ort war so zauberhaft, dass kein Maler ihn malen und kein Dichter ihn beschreiben könnte. Zwitschernder Sperling zeigte nun Richtung Horizont. »Geh in diese Richtung. Ab jetzt musst du allein weiter.«

Mein Herz flatterte wie verrückt, ich roch das Gras, überall um mich herum. Dann sah ich, nicht weit weg, meine Eltern. Mama rannte auf mich zu. Sie lächelte fröhlich und umarmte mich. Als sie mich losließ, sah sie mir in die Augen. »Ida, sieh dich nur an. Du bist zu einer schönen jungen Frau herangewachsen. Doch ich spüre deinen Schmerz.« »Ich habe riesigen Mist gebaut, Mama.«

Sie sah mich liebevoll an. »Geh zu Papa.«

»Ich weiß nicht ob ich das kann.«

»Nur Mut, geh zu ihm.«

Ich nickte und ging weiter. Papa sah mich.

»Ida, du bist gekommen.« Als ich direkt vor ihm war, kniete ich zu Boden und breitete meine Arme weit aus.

»Es, es tut mir so leid, Papa. Ich habe dich umgebracht und das ist unverzeihlich.«

Ich hatte große Angst vor seiner Reaktion. Er kam zu mir, lächelte mich an. »Steh auf, mein Schatz. Mama und ich sind so stolz, was aus dir geworden ist. Wir alle machen Fehler und lernen daraus. Es war nur ein Versehen. Ich könnte dir niemals böse sein.« Ich weinte und konnte kaum reden. »Ich habe dich so vermisst aber, ich …«

Papa umarmte mich innig.

»Ida, ich habe dich auch vermisst und ich liebe dich. Ich liebe dich mehr als ein Vater seine Tochter nur lieben kann.«

Bei diesen Worten erneuerte sich mein zerbrochenes Herz. »Ich liebe dich auch, Papa.« Er zeigte mit einer weiten Handbewegung auf diesen Ort und anschließend auf Mama. »Sieh wie schön es hier ist. Ich bin mit deiner Mutter wiedervereint. Zu meinem Glück fehlt nur noch, dass du dir selbst verzeihst.« »Ich weiß nicht wie.«

Er berührte meine Brust. »Dein Herz weiß es. Vertraue darauf.« Papa umarmte mich erneut. »Sei die Frau, die ich großgezogen habe, Stark, schön, mutig, gescheit und herzlich. Verliere niemals deine Zuversicht. Du musst jetzt los und denk daran, dass Mama und ich immer bei dir sein werden.« Ich sah noch einmal beide an, nickte und drehte mich um. Unter Freudentränen lief ich zu Zwitschernder Sperling. Wir gingen gemeinsam und ohne zu reden, denselben Weg zurück, den wir gekommen waren. Meine Seele vereinte sich wieder mit meinem Körper. Langsam öffnete ich meine Augen und bemerkte, dass es schon dunkel war. Ich umarmte Zwitschernder Sperling. »Vielen Dank.«

Deine Ida

18. Juli

Hallo Tagebuch,

ich bin wieder bei Miri und schreibe, bevor ich schlafen gehe. Du wirst es nicht für möglich halten, aber ich fühle mich tatsächlich besser. Ich habe mir noch nicht ganz vergeben aber ich habe meine Zuversicht und Hoffnung zurück. Ich denke, ich sollte mit Gundula und Doloris reden, allein schon um Perdurabo wieder in seine Welt zu schicken und natürlich um alles aufzuarbeiten. Die beiden haben eigentlich immer gute Ratschläge. Ich glaube sogar, dass sie mir verzeihen könnten. Ich sollte mich auch schleunigst um eine neue Wohnung kümmern, ich will ja nicht ewig über »Miris Zauberallerlei« wohnen.

Bis bald

Deine Ida

21. Juli

Hallo Tagebuch,

heute traf ich mich zum allerersten Mal seit langem mit Gundula und Doloris, Flo war auch da. Während Gundula kritisch und Doloris mitleidig schauten, erzählte ich ihnen alles, was vorgefallen war. Doloris beugte sich vor und Gundula nahm meine Hand. »Wir sind für dich da. Schließlich sind wir ja eine Familie.«

Ich schaute beide nacheinander unverständlich an »Ihr seid mir nicht böse oder wollt mich ausschließen?«

Gundula schaute enttäuscht »Also, dass du sowas denkst. Ida, wie lange kennen wir uns jetzt?«

Ich verstand was sie sagen wollte. »Du hast ja Recht, ich schäme mich nur so furchtbar.« Meine Oberhexe winkte ab »Was glaubst du, habe ich, in meinen über einhundert Jahren, alles schon angestellt. Da ist das Beschwören eines Dämons nur eine Fußnote. Dennoch müssen wir ihn zurückschicken, er gehört nicht hierher, denn er saugt Energie aus allem Lebendigen, in dessen Nähe er sich befindet und du, Ida, brauchst deine Kräfte wieder. Sonst ist unser Zirkel zu stark geschwächt.« Doloris zuckte mit den Schultern »Wie und wo sollen wir anfangen?«

Flo pflichtete ihr bei »Wir haben nicht einmal einen Anhaltspunkt.« Gundula sah uns triumphierend an und hob den Zeigefinger

»Ich kann eine Technik, die genauso uralt wie mächtig ist. Nicht einmal die größten Magier unserer Zeit kennen diesen Zauber.«

Wir sahen sie alle erstaunt an. Wäre das nicht Gundula, würde ich glauben, eine Verrückte zu hören. »Was für eine

Technik?« Elektrisiert fuhr sie fort »Ihr erinnert euch an die Hühner, die wir immer zu den Jahresfesten geopfert hatten?«

Wir nickten.

Gundula holte eine kleine Kiste aus der Küche und öffnete sie »Ich habe ihre Beine aufgehoben und werde jetzt gleich in den Hühnerbeinen lesen.« Sie stellte die Kiste mit den Hühnerbeinen in unsere Mitte, als sie mit ihren Händen in der Kiste wühlte, sprach sie den dazugehörigen Zauberspruch. »Blablum, blababa. Blablim blababa. Blablom, blababa. Blablam, blababa.«

Trotz meiner fehlenden Magie spürte ich die starke Energie im Raum. Gundula sah uns funkelnd an. »Jetzt weiß ich, was zu tun ist. Wir werden einen Beschwörungszauber sprechen, der fast so alt ist wie ich.«

Also steinalt.

Ich war skeptisch. »Wieso sollten wir noch ein Dämon beschwören?«

Sie lachte »Wer redet hier von Dämonen? Vertraut mir, ich bin die Oberhexe.«

Das taten wir natürlich alle. Auf ihr Geheiß hin stellten sich alle im Kreis auf und ich ging in die Mitte.

Die drei fassten sich überkreuzend an den Händen, Flo und Doloris sprachen Gundula einen Zauberspruch nach, den ich nicht mitbekam, da ich spürte wie ein riesiger Energiewirbel um mich tobte.

Gundula schien zufrieden. »Es ist vollbracht.«

Wir sahen uns um und suchten jemand beschworenen, doch sahen niemanden.

Sie sprach belehrend. »Er wird noch kommen.«

Mehr wollte sie uns nicht verraten. Da bin ich mal gespannt

Genug Zauberei für heute. Gute Nacht
Deine Ida

114

22. Juli

Hallo Tagebuch,

Als ich mitten in der Nacht erwachte, drang ein heller Schein durch mein Fenster. Geblendet begab ich mich zum Rollo, um es zu senken, da zersprang auch schon die Scheibe. Als sich meine Augen an das Licht gewöhnt hatten, sah ich einen hageren älteren Mann durch mein Fenster fliegen. Er hatte große durchsichtig glänzende Flügel, trug einen Lendenschurz und Sandalen. Er kam näher an mich heran und fuchtelte wie wild mit einem Bus–Nothammer herum.

»Sind Sie Ida?«

»Ja, wer sind Sie, auch ein Dämon?«

Er lief am ganzen Körper rot an. »Wie können Sie es wagen? Ich heiße Luntus. Ich bin ein Feeer.«

Ich blinzelte verwirrt. »Ein was?«

»Ein Feeer.«

Ich konnte ihn irgendwie nicht ernst nehmen.

»Nie gehört.«

Empört richtete er sich auf. »Du hast noch nie was von Feen gehört?«

»Doch, die kenne ich.«

»Ich bin eine männliche Fee, ein Feeer.«

Jetzt ging mir ein Licht auf. »Achso, ihr hängt da noch ein ER hinten dran, gut zu wissen.« Er nickte bedächtig und wartete kurz. »Ich bin ein Glaslichterglanzflügelfeeer.«

Ein schweres Wort, wie ich fand.

»Entschuldige, aber ich habe keine Zeit oder Muße, mich mit mystischen Wesen zu unterhalten.«

»Myst …, ich bin doch kein mystisches Wesen und du musst mit mir reden.«

Ich hatte für sowas wirklich keine Nerven, dennoch stieg ich darauf ein. »Wieso muss ich?«

»Weil du Perdurabo befreit hast und dein Zirkel mich beschworen hat.«

Nun wusste ich, dass er wichtig war und ich seine Hilfe brauchte. »Ok, und inwieweit können Sie mir helfen?«

»Dummerchen, ich helfe Ihnen, diesen Schurken zu finden und werde mit Ihnen ein super Ritual ausarbeiten.«

»Also sind Sie so was wie ein Spürhund?«

»Was ist ein Hund?«

Ich war verdutzt. »Egal, nicht so wichtig. Rituale kann ich selber schreiben.«

Er schüttelte so stark den Kopf, dass ich Angst hatte, er könnte abfallen. »Nicht dieses Ritual. Dafür brauchen Sie ein Feenritual und Feenstaub.«

Ich wusste bisher nicht mal, dass es Feenstaub überhaupt gibt. Ich kannte das nur aus Filmen und Romanen und dachte, das wäre nur ein Klischee. »Kann ich damit fliegen?« Er wirkte nachdenklich. »Nein, warum sollten Sie damit fliegen können?«

»Nur so ein Gedanke.«

Er murmelte irgendwas unverständliches in seinen nicht vorhandenen Bart. Wir einigten uns darauf, dass er meine Scheibe richten und zu einem späteren Zeitpunkt wiederkommen würde.

Nochmals gute Nacht
    Deine Ida

23. Juli

Hallo Tagebuch,

Luntus kam, aber diesmal bei einem Spaziergang, erneut zu mir. »Haben Sie schon einmal einen Dämon verbannt?« Ich schüttelte den Kopf und ließ mich von ihm belehren. »Wissen Sie, Ida, es ist schwieriger, einen Dämon zu verbannen als ihn hierzubehalten. Nehmen Sie diese zwei Sachen.« Er gab mir ein Säckchen und ein Stück Papier. »In dem Säckchen ist der Feenstaub. Sie dürfen ihn nur für das Ritual und für nichts anderes verwenden. Haben Sie das verstanden?«

»Ja, habe ich, und der Zettel?«

Er gab mir einen Stift. »Dieser Zettel ist Ihre Ritualvorlage. Sie müssen sie nur noch ausfüllen, also ihren Namen, den Namen des Dämons, naja Sie sehen es ja. Dort bei den gepunkteten Linien.«

Sowas hatte ich noch nie gesehen. Klar kenne ich Vorlagen für z.B. Mietverträge, aber für Rituale? Ich war ein wenig skeptisch. »Sollten wir nicht selbst eins schreiben?«

Er sah mich empört an. »Das habe ich selbst geschrieben, vor Jahrhunderten. Es funktioniert bestens. Füllen Sie es einfach aus.«

»Ok und wenn ich das gemacht habe, dann, was?«

»Dummerchen, dann rufen Ihre Hexenschwestern ihn herbei und Sie führen das Ritual durch.«

»Hören Sie auf, mich als Dummerchen zu bezeichnen. Ich dachte, Sie lokalisieren Perdurabo und wie soll ich das Ritual ohne Zauberkräfte durchführen?«

»Ich kann doch nicht alles machen. Für die Magie haben Sie den Feenstaub. Steht alles auf der Vorlage.«

Ich las mir also alles gut durch und füllte aus, was noch gefehlt hat.

Morgen treffen wir uns bei Gundula, um
Perdurabo nach Hause zu schicken. Das wird aufregend.
Bis bald
Deine Ida

24. Juli

Hallo Tagebuch,

wie im letzten Eintrag angekündigt, trafen Doloris, Flo, Luntus und ich uns bei meiner Oberhexe. Es schien, als würden Gundula und Luntus sich kennen. »Gundi, Mensch, siehst du gut aus für dein Alter.«

»Charmant wie eh und je. Wie gehts Mantalina?«

»Sie kann nicht klagen, ich werde ihr Grüße ausrichten.«

So habe ich noch nie jemanden mit unserer Oberhexe reden hören. Jedenfalls richtete ich die Aufmerksamkeit aller auf das Wesentliche.

»Ich habe hier die fertige Vorlage und bin bereit mit dem Feenstaub.«

Alle nickten. Nun fassten wir uns an den Händen und Luntus begann die Beschwörungsformel zu sprechen. Nach ein paar Sekunden sprachen Gundula, Doloris und Flo ihm nach. Dann erschienen auch

schon Perdurabo und sprach wie üblich in seinem tiefen aber schrillen Ton. »Wer wagt es, mich zu rufen?« Er sah mich und erschrak, vielleicht hatte er nicht mit meinem Überleben gerechnet. »Iidaa, welch Überraschung.«

»Mein Hexenzirkel hat dich hergerufen.«

»Weswegen?«

Ich ignorierte seine Frage, holte den Feenstaub aus dem Sack, sprach die magischen Worte und bewarf den Dämon mit dem Staub.

Er nieste. »Hahahaha, gar nicht so schlecht, Iidaa, aber der Feenstaub wirkt nicht, da ich schon zu viel Energie abgesaugt habe. Weißt du, die Menschen, die von deinem Virus geheilt wurden, sind durch den Heilzauber markiert und ich konnte ihre geschwächten Seelen nutzen, um mich zu stärken.«

Ich habe diese Menschen also geheilt und dieser Widerling verging sich an ihnen? Das machte mich wütend. Er führte eine Handbewegung aus und schleuderte meine Mithexen und Luntus durch den Raum. Wütend rannte ich auf ihn los. Er schleuderte auch mich weg. Voller Schmerz lag ich in der Ecke und konnte mich nicht rühren. Perdurabo drehte sich zu Gundula und den anderen, hob seine Hände und fing an, ihnen Energie abzusaugen. In meinem ganzen Leben fühlte ich mich nicht so machtlos. Je mehr Macht er aufnahm, desto größer schien er zu werden. Er lachte dreckig »Haha, ein paar Hexen für zwischendurch.« Die drei wanden sich und schrien. Ihre Pein quälte mein Herz. Mit letzter Kraft erhob ich mich und lief erneut auf ihn zu. »Hör auf! Bei allem, was mir heilig ist, hör auf! Nimm mich an ihrer statt.«

Er grinste kurz zu mir. »Du bist der Nachtisch.«

Meine Hilflosigkeit drohte mich zu erdrücken. Dann rief ich mental um Hilfe, ich rief nach Hel, unserer wunderschönen und starken Göttin, der Herrin der Unterwelt.

Sie erhörte mich. Ich spürte wie die Göttin meine Hand griff und sich mit mir verband. Es war, als wären wir verschmolzen und voll von ihrer Kraft schleuderte ich Perdurabo durch den Raum. Er sah finster zu mir. »Wie kannst du es wagen? Ich habe dir geholfen, als niemand für dich da war. Ich habe dich stark gemacht und das ist dein Dank?«

»Geholfen? Du Mistkerl hast mich nur ausgenutzt und jetzt schicke ich dich zurück in deine Welt.« Mit aller Kraft der Göttin Hel und meiner Wut trieb ich ihn vor mich her. Doch er verschwand nicht. »Iidaa, ohne Feenstaub kannst du mich nicht verbannen und deine Fee ist außer Gefecht. Du siehst, ich bin unantastbar.« Nun blieb mir nur noch eine Möglichkeit. Ich sog den Dämon mit voller Kraft zu mir, packte ihn mit festem Griff und zog ihn in mich rein. Je mehr er in mich drang, desto mehr verschwand die Göttin aus mir. Als er gänzlich in meinem Körper steckte, wirkte ich einen Bann, um ihn in mir zu versiegeln. Ich sackte kraftlos zusammen und wurde ohnmächtig.

Ich erwachte erst wieder bei Miri.

Ich schreib in dich rein, sobald ich mehr weiß.
  Deine Ida

27. Juli

Hallo Tagebuch,

Gundula, Doloris und Flo sind schon seit Tagen bewusstlos und ich bin von einem Dämon besessen, den ich mir selbst angelacht habe. Als Luntus herbeigeflattert kam, wurde ich wieder so wütend und schlug ihm ins Gesicht »Warum hat Ihr scheiß Staub nicht funktioniert?«

Er richtete seinen Kiefer »Ich hatte nicht erwartet, dass der Dämon diesem Zauber widersteht.«

»Nicht erwartet? Mein gesamter Hexenzirkel ist ohnmächtig, meine Freunde, die einzige Familie, die ich habe und alles was Ihnen einfällt, ist zu sagen, Sie hätten es nicht erwartet?«

Er versuchte mich zu beschwichtigen. »Sie haben die Situation doch gut gelöst.«

Das machte mich noch rasender. »Gut gelöst? Ich habe selbst dafür gesorgt, dass ich von einem Dämon besessen bin. Wer weiß, was das noch für Auswirkungen auf mich haben wird und ich kann ihn nicht loswerden, weil er sonst Menschen umbringt.«

»Wann Sie Auswirkungen merken ist ganz individuell, wahrscheinlich wird er früher oder später gänzlich Besitz von Ihnen nehmen und Sie können nichts dagegen tun.«

»Und wieso habe ich dann die Situation so gut gelöst? Hä?«

»Weil wir jetzt wieder etwas Zeit haben, um eine Lösung zu finden. Wut und Überstürzung helfen uns nicht weiter. Wir sollten unsere nächsten Schritte planen.«

»Gut, wir wecken meinen Zirkel und planen.«

»Das wäre nicht gut, da sie irreparable Schäden davontragen könnten. Wenn Perdurabo wieder in seiner Welt ist, dann erholen sich alle seine Opfer wieder.« Ich setzte mich auf den Boden, um nachzudenken. »Das heißt, wir sind auf uns gestellt.«

»Positiv ist, dass Sie jetzt wieder über Magie verfügen, da der Dämon nun in ihnen weilt.«

Wie tröstlich. »Wieviel Zeit habe ich, bis er Kontrolle über meinen Körper hat?«

Er ging in Denkerpose. »Schwer zu sagen, vielleicht ein paar Tage, vielleicht mehr.«

Mit dieser Erkenntnis verabschiede ich mich für heute.
Deine Ida

28. Juli, morgens

Hallo Tagebuch,

langsam merke ich wohl schon den fremden Geist in mir, denn ich hatte einen furchtbaren Albtraum:

Ich war in einer dunklen verlassenen Stadt. Ich war am Hals angeleint und Perdurabo hielt mich fest. Er schlug mit einer Peitsche auf mich ein und ich drehte mich im Kreis. Er befahl mir »Iidaa, sitz.« Ich setzte mich, er befahl »Iidaa, mach Platz.« Ich widersetzte mich und er schlug mit seiner Peitsche zu. Er schlug so heftig, dass ich wimmernd auf dem Boden lag.

Dieser Traum ging noch eine ganze Weile so ähnlich weiter. Es war schrecklich. Hoffentlich träume ich jetzt nicht jede Nacht so einen Mist.

   Deine Ida

29. Juli

Hallo Tagebuch,

den restlichen gestrigen Tag verbrachte ich mit Recherche über Perdurabos Welt, fand aber nichts. Deswegen war ich heute auf dem Weg zu Zwitschernder Sperling. Wenn sich jemand mit anderen Welten auskennt, dann er. Wieder in seinem Tempel angekommen, begrüßte er mich freundlich. »Hallo Ida. Du trägst eine schwere Last in dir.«

»Ja, kannst du mir etwas über die Welt Perdurabos berichten und wie ich ihn dort hinein bekomm?«

Er reichte mir eine frisch gebrühte Tasse Tee.

»Ihn hinein bekommen ist fast unmöglich. Perdurabo kommt aus der unteren Welt. Das ist nicht die Hölle oder so. Es ist eine immaterielle Welt, die ihre eigenen Regeln und Gesetze hat. Dort leben nicht nur Dämonen. Auch die Geister Verstorbener sind dort zu Hause.« »Ist es die Welt, in die wir gereist sind, um meine Eltern zu sehen?« Er nickte. »Aber wahrscheinlich kommt er aus einem anderen Bereich dieser Welt.«

»Könnten wir ihn dann nicht mit Hilfe einer schamanischen Reise dorthin bringen.«

»Nein, bei dieser Reise fliegen unsere Seelen, aber er ist ja in deinem Körper. Wenn du nicht komplett dorthin gehen würdest, brächte das also nichts.«

Ich dachte nach. »Ginge das? Also, dass ich komplett in diese Welt ginge und ihn dann frei lasse.«

»Es wäre schwierig, aber sicherlich irgendwie machbar, dass du dorthin könntest, aber sobald du ihn frei lässt, kommt er durch die Öffnung wieder zurück.«

Ich stand auf und schlug mir auf die Beine.

»Es muss doch irgendeine Möglichkeit geben, ihn loszuwerden.«

Er schloss seine Augen. »Ich wünschte, ich hätte dir besser helfen können.«

Ich legte meine Hände auf seine Schultern und sah ihm tief in die Augen. »Du hast mir schon so viel geholfen und dafür bin ich dir auf ewig dankbar.«

Ich muss mir irgendetwas einfallen lassen. Ich weiß nicht wie viel Zeit ich noch habe.

Bis bald Tagebuch Deine Ida

30. Juli

Hallo Tagebuch,

ich fange schon an, seine Stimme zu hören. Immer wieder *Iidaa* und jedes Mal wird mir eiskalt dabei. *Iidaa, bald gehörst du mir. Wehr dich nicht.*

Ich schrie ihn an. »Geh aus meinem Kopf.

Lass mich in Ruhe.«

Iidaa. Er hörte einfach nicht auf. *Iidaa, du kannst mich nicht aufhalten. Ich werde kommen und hole euch alle!* Seine Stimme war so laut, dass ich glaubte, mein Kopf würde zerspringen. *Iidaa! Ich komme!*

»Nein, lass mich in Ruhe. Lass uns in Ruhe.« *Geht nicht. Du hast mich an dich gebunden, Iidaa. Iidaa. Iidaa!*

Während ich meine Hände über den Kopf

schlug, wälzte ich mich auf dem Boden hin und her. Doch es half nichts.

Wann hat das alles denn ein Ende?

Deine Ida

01. August

Hallo Tagebuch,

Ich wälzte Zauberbücher, um herauszufinden, wie ich Perdurabo in seine Welt schicken kann. Nur fand ich leider nichts. Ich höre ihn jetzt immer häufiger in meinem Kopf. *Iidaa, nicht mehr lange und ich bin frei.*

Ich versuchte ihn auszublenden.

Iidaa, erwarte mich. Iidaa, Iidaa, Iidaa! Zwitschernder Sperling sendete mir einen Zauber zu. Mit diesem Zauber könnte eine Person komplett in Perdurabos Welt, aber ich bräuchte noch einen Versiegelungszauber, um die Öffnung zwischen den Welten zu verschließen.

Iidaa, Iidaa, freue dich auf mich.

Vielleicht fällt mir noch einer ein.

Deine Ida

02. August

Hallo Tagebuch,

eine zweite Nachricht von Zwitschernder Sperling erreichte mich.

Iidaa, bald bin ich da und du kannst nichts gegen mich unternehmen.

Mist. Der Versiegelungszauber ist nur in der Anderswelt einsetzbar. Das heißt, dass ich mich in Perdurabos Welt befinden müsste, um den Durchgang zu verschließen. Dann würde ich aber festsitzen, also keine gute Idee.

Iidaa, Iidaa, hör mir zu.

Ich versuchte die Stimme in meinem Kopf zu ignorieren, obwohl sie schallernd in mein Ich drang. *Oooohh Iidaa, höre mich. Lass mich frei, dann bist du mich los. Ansonsten komme ich sowieso und hole dich und deine kleinen Hexenfreunde.*

Er ist echt eine Plage. Ich kann mich kaum auf das Schreiben konzentrieren. Ich muss eine Möglichkeit finden, ihn wegzuschicken,

ohne selbst gefangen zu sein.

Iidaa, Iidaa. LEIDE!

Das hat er schonmal zu mir gesagt und es ist immer noch hart, daran zu denken.

Deine Ida

03. August

Hallo Tagebuch,

ich spüre ihn immer mehr, ich fühle wie er wächst.
Iidaa, du hast dir noch immer nicht verziehen. Ich fühle dich!
Ich besuchte meinen Hexenzirkel. Alle drei lagen reglos in ihren Betten. Sie sahen so friedlich aus. Ich sendete ihnen wohltuende Energie, damit sie es leichter hatten. »Es tut mir so leid, ich hätte ihn aufhalten müssen.« *Richtig! Du bist schuld, Iidaa. Schuld.*

Meine Beine zitterten und ich verlor meine Kraft. Diese ganze Odyssee forderte langsam ihren Tribut.
Iidaa, du wirst schwächer. Jaaaaa!
Mein Bewusstsein schien fort zu gleiten.
Nur weiter so. Gleich komm ich.
Das Fenster zersprang und ich war schlagartig wieder wacher. Ich sah Luntus hereinflattern.
»Ida, Sie haben nicht mehr viel Zeit und ich dachte, Sie halten etwas länger durch. Kommen Sie, ich bringe Sie fort.« Er flog mich, schwach wie ich war, zu Zwitschernder Sperling, in den Fichtenwald.

Zwitscherder Sperlings Tee rüttelte mich wieder etwas auf. »Mir läuft die Zeit davon. Ich werde es tun.«
Offensichtlich verstand er mich nicht. »Was wirst du tun?«
Ich lächelte bis über beide Ohren. »Ich gehe, bringe den Arsch in seine Welt und verschließ den Zugang.«
Deine Ida

04. August

Hallo Tagebuch,

bevor ich Schluss mache und den ganzen Spuk beende, war ich noch einmal auf dem Friedhof bei Mama und Papa. Ich hielt mich dort ziemlich lange auf. Es gelang mir sogar, in der Zeit auf dem Friedhof Perdurabo nicht zu hören, deshalb schreib ich diese Zeilen auch hier am Grab meiner Eltern. Ich konnte nicht viel sagen, hauptsächlich verweilte ich in stiller Andacht.

Ich schrieb einen kleinen Brief an meine Eltern, welchen ich, eingebettet in ein kleines Ritual, in die Erde des Grabes steckte und eine Pflanze darauf pflanzte. Ich bin sicher, dass sie diesen Brief erhalten werden und ihn lesen. Im Anschluss zu diesem Tagebucheintrag werde ich den Brief, der Vollständigkeit halber, hier noch einmal niederschreiben.

Tagebuch, dies ist noch nicht der letzte Eintrag. Ich bin selbst erstaunt, wie ich das Schreiben durchgehalten habe. Ich muss mich ausruhen, bevor ich noch einmal etwas eintrage und bevor die «Welt» gerettet ist. Vielen Dank für deine Geduld

Deine Ida

Liebe Mama, Lieber Papa,

die Götter wissen, ich war nicht immer ein einfaches Kind. Habe viel gezankt, gemeckert, geheult, geschrien und gekämpft. Ich testete eure Grenzen, versuchte, euch gegeneinander auszuspielen, sowas tun, glaube ich alle Kinder mehr oder weniger. Dennoch habt ihr mich niemals aufgegeben, immer an mich geglaubt und wart immer an meiner Seite. Ihr habt aus mir das gemacht, was ich heute bin.

Selbst nachdem ich dieses Jahr so mega versagt habe und sogar dir, Papa, den Tod brachte, habt ihr mich nicht aufgegeben und mir wahnsinnig viel Liebe geschenkt. Ich bin so froh, euch gehabt zu haben und keine Tochter könnte sich dankbarer schätzen, als ich.

Dass ich noch einmal zu euch reisen konnte, warf mir einen riesigen Stein von meinem gebeutelten Herzen und mittlerweile bin ich auch gewillt, mir selbst zu vergeben. Denn wenn ich mir nicht selbst vergebe, werde ich niemals Frieden finden und ihr, wie ich weiß, auch nicht. Ich weiß, ihr habt immer nur gewollt, dass ich glücklich werde. Lasst euch eins gesagt sein, ich bin glücklich. Auch wenn mein irdisches Leben zu schnell vorbei ging.

Ich werde nicht wirklich sterben, aber es kommt dem sehr nahe. Ich habe tolle Freunde gefunden, die in schwierigen Zeiten für mich da sind und eine zweite Familie für mich geworden sind. Ich habe gelernt, egal wie schlimm es um mich steht, ich bin nicht allein. Ich werde euch am Grab nicht mehr besuchen können, aber ich habe dafür gesorgt, dass es immer schön gepflegt wird. Euer Verlust schmerzt mich sehr, doch versuche ich daran zu wachsen und nicht noch einmal zu zerbrechen. Meine schwerste Zeit steht mir jetzt wohl noch bevor. Dennoch werde ich auch diese überstehen und ich freue mich auf den Tag an dem wir als Familie wieder vereint sein können, auf ewig. Vielen Dank für alles.

In tiefer Liebe Eure Ida

05. August

Mein liebstes Tagebuch,

das wird mein letzter Eintrag, denn ich nehme dich nicht mit. Ich lasse dich mit meinen restlichen Dingen, in »Miris Zauberallerlei«. Denn das wird eine Reise ohne Wiederkehr. Ich spüre Perdurabo, wie er kurz davor ist, meinen Körper zu übernehmen. Würde ich ihn freilassen, würde er mich direkt töten. Ich werde in etwa zwanzig Minuten mit Zwitschernder Sperling zusammen das Ritual sprechen, dabei werde ich Luntus kanalisieren, um mehr Energie zu haben. Dann reise ich durch das Tor in die untere Welt, eine immaterielle Welt, und verschließe den Durchgang. Tue ich das nicht, wird er zurückkommen. Natürlich fällt mir das schwer, alles zurück zu lassen und mich dort rumzuschlagen. Lass dir gesagt sein, dass ich Frieden mit allem gefunden habe. Ich habe mir sogar selbst verziehen und ich muss nun die Konsequenzen meines Handelns tragen. Ich habe Zwitschernder Sperling aufgetragen, allen zu sagen, wie sehr ich sie liebe.

Wenn ich nichts mehr in dich eintrage, hat alles funktioniert und meine Freunde sind gerettet.

Vielen Dank, dass du so geduldig warst und ich alles eintragen konnte.
Leb wohl
Deine Ida

Demnächst folgt:

September

Ich heiße Zwitschernder Sperling und ich bin ein Zaunreiter. Zaunreiter bedeutet, dass ich mich zwischen den astralen Welten und unserer materiellen Welt bewegen kann. Ich führe diese Aufzeichnungen, für den Fall, dass mein Geist in den astralen Welten verbleibt oder mir etwas zustößt. Ich begebe mich auf eine Reise zwischen den Welten, um eine Freundin zu retten. Sie opferte sich, vor einigen Wochen, für ihre Freunde und Familie und ist nun eine Gestrandete. Als ich sie das letzte Mal sah, war sie von einem üblen Dämon besessen und ich konnte nicht herausfinden, wie es ihr ergangen ist. Ich muss sie und anschließend einen Weg in unsere Welt finden. Ich bin der Einzige der ihr helfen kann.

...

Über den Autor

Stefan Hagedorn ist Jahrgang 1989 und kommt aus dem schönen Thüringen.

Er las schon immer gern, und hat in sei- ner zweijährigen Elternzeit das Schreiben für sich entdeckt.

Die Ideen für seine Geschichten kommen durch seine Erfahrungen mit verschiedensten Menschen, die er kennengelernt hatte.

Eins hatten ihn diese Erfahrungen gelehrt, was er auch im- mer in seinen Büchern wiedergibt: Zusammenhalt.

So startete er mit «Diesseits der Magie 1

– Idas Tagebuch» seine schriftstellerische Laufbahn und es werden noch viel mehr Bücher folgen.